Kellermann | Gedichte analysieren und interpretieren

Kompaktwissen XL

Ralf Kellermann

Gedichte analysieren und interpretieren

Reclam

Kompaktwissen XL | Nr. 15234
2017 Philipp Reclam jun. Verlag GmbH,
Siemensstraße 32, 71254 Ditzingen
info@reclam.de
Druck und Bindung: Elanders Waiblingen GmbH,
Anton-Schmidt-Straße 15, 71332 Waiblingen
Printed in Germany 2026
RECLAM ist eine eingetragene Marke
der Philipp Reclam jun. GmbH & Co. KG, Stuttgart
ISBN 978-3-15-015234-8
reclam.de

Inhalt

1. Einleitung

Der vorliegende Band versteht sich als Einführung in die Gedichtinterpretation für Schülerinnen und Schüler, vor allem in der Oberstufe. Er konzentriert sich somit auf die Aspekte der Lyrik, die man kennen muss, wenn man in einer Klassenarbeit oder Klausur eine Gedichtinterpretation oder einen Gedichtvergleich schreibt.

Es sind vor allem zwei Besonderheiten, die den vorliegenden Band auszeichnen: Im Zentrum steht erstens die Frage, was es heißt, ein Gedicht zu **analysieren** und zu **interpretieren**. Gelegentlich bleibt ja unklar – in Büchern und manchmal auch im Unterricht –, was eine Interpretation zur Interpretation macht und was dafür mehr geleistet werden muss als in einer Analyse. Die Antwort, die in diesem Buch geboten und illustriert wird, geht davon aus, dass eine Interpretation **Thesen** voraussetzt und als Text eine besondere Form der textgebundenen **Erörterung** darstellt. Wer interpretiert, argumentiert. Die Analyse liefert dabei das Material zur Begründung der Argumente.

Die zweite Besonderheit des Bandes ist sein methodischer Ansatz: Dieser besteht darin, die Interpretation in Theorie und Praxis eng mit einem **kommunikationstheoretischen Modell** (Schulz von Thun[1]) zu verschränken. Wer Probleme damit hat, sich von der bloßen Beschreibung von Inhalt und Form eines Gedichts zu lösen, bekommt mit diesem Modell ein Instrument an die Hand, um auf einem angemessenen Abstraktionsniveau **über** Gedichte zu reden. Gleichzeitig verdeutlicht diese Bezugnahme auf ein kommunikationstheoretisches Modell, dass die Gedichtinterpretation durchaus viel mit dem Leben

1 Friedemann Schulz von Thun, »Miteinander reden«, Bd. 1: »Störungen und Klärungen«, Reinbek bei Hamburg 1981.

jenseits der Schule zu tun hat: Sie ist zwar eine **besondere** Form der Interpretation, damit aber zugleich auch die besondere Form einer **allgemeinen** Tätigkeit, mit der man es in der Alltagskommunikation ständig zu tun hat, nämlich der Aufgabe, Menschen zu verstehen und ihr sprachliches Verhalten zu deuten.

Nach diesem einleitenden Überblick geht es im zweiten Kapitel zunächst darum, zu erklären, was man eigentlich tut, wenn man ein Gedicht analysiert und interpretiert. Voraussetzung hierfür ist eine **Begriffsklärung**. Die drei Begriffe »Gedicht«, »Analyse« und »Interpretation« sind nicht einfach zu fassen, werden aber gerne als bekannt vorausgesetzt. Dieser unreflektierte Begriffsgebrauch führt im Fall des Gedichts nicht selten dazu, dass es mit weit verbreiteten Vorurteilen behaftet ist (»schwierig«, »kann man eh nicht verstehen«, »hat immer was mit Gefühlen zu tun«), die einer guten Interpretation im Wege stehen. Diese Vorurteile sollen hier begründet in Frage gestellt werden. Auch die Vorstellung von dem, was genau unter den Aufgabetypen »Analyse« und »Interpretation« zu verstehen ist, bleibt oft unscharf. Nur selten trauen sich Schülerinnen und Schüler in der Klasse danach zu fragen. Und **wenn** jemand doch fragt, so fallen die Antworten der Lehrer (aus der Sicht vieler Schüler) nicht immer in der wünschenswerten Klarheit aus. Bevor es an die Details der Gedichtanalyse und -interpretation geht, sind also zu Beginn erst einmal einige grundsätzliche Fragen zu klären. Wer dabei merkt, dass ihm das zu theoretisch ist, kann in den stärker praxisorientierten Teil vorblättern: Vom dritten Kapitel an orientiert sich der Aufbau des Buches am Fortschritt von einfachen zu schwierigeren Aspekten der Textarbeit.

Im dritten Kapitel wird der Leser mit Aspekten und Begriffen der sprachlichen **Analyse** von Gedichten vertraut gemacht.

Die hier üblichen Begriffe hören sich zwar – wie jede Fachsprache – zunächst schwierig an. Sie beziehen sich in der Regel jedoch nicht auf besonders abstrakte oder komplizierte Inhalte, sondern eher auf relativ spezielle. Vor allem zwei Abschnitte des Kapitels befassen sich mit zwei sehr wichtigen Themen, die in vielen Einführungen in die Gedichtinterpretation nicht sehr intensiv behandelt werden. Das ist zum einen das Unterkapitel über den **Rhythmus** und zum anderen dasjenige über **Stil**. Beides sind Begriffe, mit denen viele Einzelbeobachtungen am Gedicht zusammengefasst werden. Wer dazu sinnvolle Aussagen macht, kann zeigen, dass er viel von dem verstanden hat, worauf es bei der Analyse und Interpretation eines Gedichts ankommt.

So wichtig der Lyrik allerdings die sprachliche Form ist, so wenig ist noch das zarteste oder verspielteste Gedicht auf die sprachliche Gestaltung zu reduzieren. Gedichte sind Texte, die darauf drängen, verstanden zu werden. Was aber heißt Gedichte zu »verstehen«? Dieser Frage geht das vierte Kapitel nach. Ausgangspunkt ist die These, dass alle Nachrichten – und das gilt auch für **gedichtete** Nachrichten – nicht mit zwei, sondern mit vier Ohren zu verstehen sind, denn sie verfügen über vier verschiedene Aspekte der Mitteilung: Sie sagen als **Selbstaussage** etwas über den Sprecher (das lyrische Ich) aus, aber auch etwas über die **Beziehung** zwischen sprechendem Ich und angesprochenem Du, sie sind als **Appell**, als ein sprachliches Handeln, zu verstehen und als **Sachinformation** über einen Gegenstand. Nicht zuletzt ist es daneben aber auch das lyrische Sprechen selbst, das als Geste verstanden werden will: als Gedicht, das nicht nur **informieren** möchte oder **Zustimmung erheischen** oder **Mitleid erregen**, sondern das vor allem darauf aus ist, **als Gedicht gelobt** zu werden. Nun ist es nicht Aufgabe eines Interpretationsaufsatzes, dieses Lob zu spenden. Eine gute Interpretation sollte aber zeigen, wie ein Gedicht das implizite Publikum für sich einzunehmen versucht. Dafür muss der Interpret neben den bekannten vier Ohren noch ein fünftes aufspannen, um genau diese Botschaft empfangen, einordnen und an seinen Leser weitergeben zu können.

Fast alles, was man einem Gedicht mit fünf Ohren abhören kann, ist dem geschichtlichen Wandel unterworfen. Die inhaltlichen Gegenstände der Gedichte verändern sich, die Vorstellungen von Liebe und Partnerschaft, das Bild vom Menschen, die Art und Weise, sich sprachlich zu seinen Mitmenschen zu verhalten und nicht zuletzt auch die Vorstellung davon, was es heißt, ein wohlgeformtes, ein lobenswertes Gedicht zu schreiben. In exemplarischer Form zeigt das fünfte Kapitel anhand einiger Epochen, wie man die sich geschichtlich wandelnden Vorstellungen für die Gewinnung von Thesen für die Interpretation fruchtbar machen kann.

Das sechste (und letzte) Kapitel schließlich nennt mit einigen Kriterien die Gründe, warum bestimmte Interpretationen für besser gehalten werden als andere und worauf man achten muss, um die eigenen Leistungen zu verbessern. Dieser Kriterienkatalog lässt sich als Ausgangspunkt für ein Portfolio verstehen, in dem man die eigenen Aufsätze auf Stärken und Schwächen hin untersucht, sich Schwerpunkte für die kritische Auseinandersetzung mit seinen Schwächen setzt, sich zu diesen Punkten Übungen besorgt und dann beobachtet, wie man sich selbst verbessert.

Schließlich ist noch zu erwähnen, dass die Reihenfolge, in der die Untersuchungsaspekte im Folgenden vorgestellt werden, nicht eine ideale Abfolge bei der Erarbeitung eines Gedichts vorschreiben möchte. Zum einen gibt es Leser, die hier persönliche Vorlieben haben: Der eine orientiert sich zunächst am Inhalt, um dann die Form zu analysieren, der andere untersucht erst einmal formale Auffälligkeiten (durch Markieren der metrischen Betonungen, Einzeichnen von Reim und Kadenz, Umkreisen von Alliterationen usw.), um in einem zweiten Schritt den Inhalt zu erschließen. Bei der gewählten Reihenfolge gibt es kein Richtig und Falsch. Am Ende muss einfach alles vorkommen: das inhaltliche Verstehen, die Analyse der Form und Kommentare zum Zusammenhang zwischen beidem. Zum anderen unterscheidet sich das Vorgehen aber auch abhängig davon, welches Vorwissen man mitbringt: Wenn man ein Sonett unmittelbar als Sonett erkennt, wird man als erfahrener Leser zunächst sein Vorwissen über diese Gattung aktivieren und mit den dabei geweckten Erwartungen das vorliegende Gedicht daraufhin untersuchen, wo es die Erwartungen inhaltlich und formal erfüllt und wo es abweichende Auffälligkeiten aufweist. Wer dieses Wissen nicht so sicher parat hat, wird erst einmal Einzelheiten beobachten und formale Auffälligkeiten detalliert herausarbeiten, um in einem zweiten Schritt mit einer zusammenfassenden Aussage über das Gedicht aufzuwarten. Der eben zuerst genannte deduktive Ausgang von Vorkenntnissen und Erwartungen an ein Gedicht liegt auch dann nahe, wenn man mit einem Autor schon vertraut ist, was bei Goethe, Eichendorff, Heine oder Brecht ja schon einmal der Fall sein kann. Hier wird man mit einer bestimmten Erwartung lesen und schon bei der ersten Lektüre kultur- und literaturgeschichtliches Hintergrundwissen aktivieren und mit bestimmten Erwartungen auf Einzelheiten achten. Dies gilt ähnlich auch für Gedichte, die einer bestimmten Epoche oder Richtung (Romantik, Expressionismus, hermetische Lyrik nach 45 usw.) zuzuordnen sind. In Kürze: der Weg vom Einfachen zum Komplizierten führt im Einzelfall nicht immer von der textnahen Analyse hin zu Kontexten. Wenn man etwas über den Kontext weiß, ist dieser das Bekannte, an dem man sich als einfache Basis orientiert, um sich dem besonderen Text als neuer Herausforderung zu nähern.

Ein Hinweis zur Benutzung des Bandes: Bei der Analyse und Interpretation von Gedichten wird eine Reihe von Fachbegriffen verwendet. Nicht immer ist es möglich, sie bei der ersten Verwendung auch umfassend zu erklären. Das **Sachregister** im Anhang listet sie auf und verweist auf die Stelle im Buch, an der die ausführliche Erläuterung zu finden ist.

2. Begriffsklärungen: Gedicht – Analyse – Interpretation

2.1 Was ist ein Gedicht? Vorurteile und Besonderheiten

Die Frage, was genau ein **Gedicht** ist, erscheint nur auf den ersten Blick einfach. Tatsächlich ist sie so schwer zu beantworten, dass auch die Wissenschaft an dieser Stelle noch lebhaft diskutiert. Nun kann einem die Definition eines Gedichts in einer Klausur zunächst relativ gleichgültig sein. Typischerweise heißt es in der Aufgabenstellung ja nicht »Entscheiden Sie, welcher der drei Texte ein Gedicht ist, und begründen Sie Ihre Entscheidung«, sondern einfach: »Interpretieren Sie das Gedicht«. Wichtig ist die begriffliche Bestimmung aber insofern, als über Gedichte viele Vorurteile im Umlauf sind, die eine fruchtbare Auseinandersetzung mit dem Text behindern. Das betrifft zunächst Vorbehalte gegenüber der Lyrik überhaupt: so zum Beispiel die Idee, dass Gedichte sich grundsätzlich durch krause oder unklare **Gedanken** und eine künstlich verdunkelte Sprache auszeichnen und darum prinzipiell unverständlich seien. Nichts für klare Denker also. So als ginge es in der Lyrik eher um ein wichtigtuerisches Geraune, das man nicht verstehen, sondern allenfalls bewundern und anbeten könne. In seiner Wirkung ist dieses Vorurteil verwandt mit dem, dass es in Gedichten immer um **Gefühle** gehe, über die man als rational orientierter Mensch eigentlich nicht sinnvoll sprechen könne. Diese beiden Vorurteile sind deshalb so problematisch, weil sie nahelegen, dass man als vernünftiger Schüler eine Gedichtinterpretation am besten gar nicht beginnen sollte. Oder, wenn man in einer Klausur dazu gezwungen wird, keine ordentlichen Ergebnisse produzieren könne. Daneben gibt es auch Vorstellungen, die die Durchführung einer Gedichtinterpretation zwar nicht grundsätzlich, jedoch im Einzelnen behindern: so zum Beispiel die Idee, dass Gedichte unmittelbarer Ausdruck des seelischen Innenlebens des Autors seien. Was insofern eine wenig hilfreiche Unterstellung ist, als so der Eindruck entsteht, dass es bei der Gedichtinterpretation gar nicht so sehr auf das Gedicht als Text ankomme, sondern auf die zu ergründende Psyche des Dichters. Als ob Dichter nicht vor allem darum interessant wären, weil sie interessante Gedichte geschrieben haben. Die hier genannten Vorstellungen von Gedichten sind zwar nicht vollkommen falsch, sie erweisen sich aber als wenig hilfreich für die Interpretation.

Ja, Gedichte sind oft etwas schwerer zu verstehen als andere Textformen. Das liegt aber in aller Regel nicht daran, dass hier unnötig verworren oder »dunkel« gesprochen wird, sondern dass hier jedes sprachliche Detail bedeutsam ist, dass der Sinn hier besonders konzentriert und auch in diesem Sinne »verdichtet« erscheint. Gedichte illustrieren sehr anschaulich eine Eigenschaft, die der amerikanische Dichter Ezra Pound (1885–1972) ganz allgemein zum Merkmal der »großen Literatur« erklärte, nämlich: dass sie »in größtmöglichem Maße mit Sinn aufgeladen sei« (»charged with meaning to the utmost possible degree«). Wenn Gedichte schwer verständlich erscheinen, dann nicht, weil sie besonders chaotisch sind, sondern weil sie eine besonders komplizierte Ordnung aufweisen. So schwierig sie im Einzelnen auch sein mögen: Gedichte sind immer sprachliche Aussagen, die darauf abzielen, von einem Leser oder Zuhörer verstanden zu werden. Im Grenzfall sind sie vielleicht auch zu verstehen als provozierend schwer verständliche Aussage, durch die die unkomplizierte Alltagskommunikation in Frage gestellt wird, vielleicht auch als Appell ans Gefühl, mit dem signalisiert wird, dass es neben vernünftigen Dialogen auch andere Dimensionen des Miteinanders gibt. Aber auch Appelle an Gefühle und provozierend rätselhafte Gesten müssen ja als solche **verstanden** werden, um angemessen beantwortet zu werden. Das gilt für schwer zu verstehende Gedichte ganz ähnlich wie für schwer zu deutende kommunikative Gesten im Alltag, für plötzliche Tränenausbrüche oder das rätselhafte Türknallen, nachdem jemand wortlos den Raum verließ: man versteht den Sinn oft nicht sofort, aber Gesten sind immer Gesten, die danach verlangen, gedeutet und beantwortet zu werden. Sprachliche Äußerungen – und somit auch schwer verständliche Gedichte – enthalten grundsätzlich immer die metasprachliche Anweisung: »Versteh mich!« Und noch deutlicher signalisiert die **Veröffentlichung** von Gedichten, dass diese für eine verstehende Leserschaft entworfen wurden. Auch ein schwer verständliches Gedicht ist also kein Stein am Kiesstrand, der ohne Sinn einfach nur daliegt, sondern immer auch eine Aufforderung an den Leser, sich deutend mit ihm zu beschäftigen, seinen Sinn zu erfassen.

Ja, und offensichtlich handeln Gedichte tatsächlich oft von Gefühlen. Besonders seit der Epoche der Empfindsamkeit im 18. Jahrhundert setzt sich der Eindruck durch, dass es der lyrischen Dichtung wesentlich sei, Gefühle zum Thema zu machen. In Abgrenzung zur rhetorischen Lyrik des Barock und der rational orientierten Dichtungstheorie der Aufklärung entwickelte sich erst eine empfindsame Lyrik und dann die Dichtung des Sturm und Drang, in denen intensives Fühlen nicht nur zum Thema wurde, sondern die leidenschaftliche Ergriffenheit des Sprechens auch durch die sprachlichen Mittel (Ausrufezeichen, Ellipsen, kurze Verse) variantenreich betont wurde. Gleichwohl sind Gedichte aber nie unmittelbar der Spiegel von Gefühlen, sondern immer **gestaltete sprachliche Aussagen**, die den **Eindruck** des Emotionalen **erzeugen** sollen. Wenn

Gedichte von Gefühlen handeln, dann in einer sprachlichen Form, die zeigen soll, dass der Sprecher von bestimmten Gefühlen bewegt wird. Da wir es auch in einer sehr emotionalen Sprechweise immer noch mit einer Art des **gedanklich** vermittelten **Sprechens** zu tun haben, kann und muss diese Rede aber durchaus auch mit intellektuellen Mitteln, mit dem Verstand, gedeutet und verstanden werden. Beim Gedicht geschieht dies in der Regel auf zwei Ebenen: Zum einen wird man das sprachliche Handeln als solches betrachten und beispielsweise eine traurig vorgetragene Klage als Klage verstehen. Schon hier handelt es sich nicht unmittelbar um ein Gefühl, sondern um eine kommunikative Artikulation desselben. Es ist ein Unterschied, ob man bloß traurig ist oder ob man dies auch kommunikativ mitteilt. Und dann geht es ja in Gedichten nie unmittelbar darum, dass jemand traurig (oder besonders glücklich) ist, sondern im Gedicht sind Gefühle immer **modellhaft** dargestellt. Wenn ein Dichter eine Klage als Gedicht gestaltet, klagt er ja nicht einfach, sondern er stilisiert das Klagen symbolisch verallgemeinert zum Kunstwerk. Die Aussage lautet nicht einfach: »Mir geht es schlecht!«, sondern eher: »So fühlt es sich (im Allgemeinen) an, wenn man über etwas sehr unglücklich ist!« Entsprechend provoziert ein Gedicht als angemessene Reaktion in der Regel auch kein Mitleid (»Der arme Goethe!«), sondern allenfalls Rührung (»Das hat er aber gut zum Ausdruck gebracht!«). Der Dichter erwartet als Antwort auf ein trauriges Gedicht keinen Trost, sondern Lob. Spätestens hier wird aber auch deutlich, dass die lyrische Artikulation von Gefühlen ein erhebliches Maß an Gestaltung und kompositorischer Rationalität erfordert. Wo im Leben wortlose Tränen ein deutliches Zeichen sind, muss der Dichter seine emotionale Haltung in einer bestimmten Situation mit Worten veranschaulichen. Was für den Leser die Konsequenz hat, dass er als Interpret in besonderer Weise gefordert ist. Er muss aufmerksam jedes Detail unter die Lupe nehmen und erörtern, ob es eher in dieser Weise oder in jener zu verstehen ist. Wer gerne mit viel analytischem Verstand an Dinge herangeht, muss um Lyrik also keinen weiten Bogen machen, er findet hier eher eine spannende Herausforderung. Tatsächlich ist die Interpretation eines Gedichts der textgebundenen Erörterung weitaus näher verwandt, als es auf den ersten Blick scheint.

Ja, und sicher erwecken viele Gedichte zunächst den Eindruck, dass sie von Erfahrungen, Gefühlen und Ideen des **Autors** handeln. Besonders naheliegend ist dieser Eindruck etwa bei den sogenannten Sesenheimer Gedichten des jungen Johann Wolfgang Goethe (1749–1832). Der in »Willkommen und Abschied« (1775/89)[2] dargestellte Ritt eines jungen Mannes zu seiner Geliebten beispielsweise weist viele Parallelen zu dem auf, was Goethe bei den Besuchen bei der Sesenheimer Pfarrerstochter Friederike Brion erlebte und empfand. Aber: Ginge es tatsächlich »nur« um das privat Erlebte des Dichters, würden sich heute kaum noch Menschen für diese Gedichte interessieren. Es gäbe unter dieser Voraussetzung auch kaum einen vernünftigen Grund, Schülern diese Gedichte zur Lektüre zu empfehlen. Bei allem Respekt vor dem Dichter als Mensch, aber Goethe wird wohlgemerkt als Dichter verehrt. Also nicht so sehr, weil er so ein spannendes oder vorbildliches Leben führte, sondern weil er gute Gedichte schrieb. Diese Gedichte sind nicht darum so gut, weil hier der Autor etwas über **sich** sagt (»so fühlte sich Goethe, als er verliebt durch die Nacht ritt«), sondern weil er Erfahrungen im Gedicht eine allgemeine Form gibt (»so kann es sich anfühlen, wenn man verliebt durch die Nacht rei-

2 Vgl. Heinrich Detering (Hrsg.), »Reclams großes Buch der deutschen Gedichte. Vom Mittelalter bis ins 21. Jahrhundert«, Stuttgart 2013, S. 226 f.

tet«). Und weil er dem Leser zeigt, wie man über Gefühle, Leidenschaften und insgesamt über sich als Mensch **reden** kann. Es geht also nur am Rande um das Erleben des jungen Goethe, sondern allgemeiner um eine als sprachliches Modell gestaltete Erfahrung intensiven Liebens und leidenschaftlichen Lebens, um eine im Text verdichtete Form der Selbstwahrnehmung. Was uns heute noch anspricht in diesen Gedichten, ist die Botschaft: »So intensiv kann man als Mensch die Welt erleben«, oder (etwas anspruchsvoller): »So kann man sich mit den Mitteln der Sprache als leidenschaftlicher Mensch darstellen«. Das sind die Dinge, die uns heute noch dazu anregen können, über uns und über das menschliche Leben nachzudenken. Das sind die Dinge, die auch heute noch intellektuelle und emotionale Reaktionen provozieren, durch die wir uns bewusst werden, was an Wünschen, Ängsten und Vorstellungen in uns steckt. Es geht um die Dinge in uns, über die wir gelegentlich etwas erfahren wollen, die wir aber nicht wahrnehmen, wenn wir in den Spiegel sehen. Die Frage, was Goethe von dem, was er da erdichtet hat, selbst erlebt hat, ist für diese Fragen relativ irrelevant.

Ja, und schließlich ist jedes Gedicht natürlich eine Art sprachliche ›Bastelarbeit‹. Jedem Gedicht ist die sprachliche **Formung** wesentlich. Nicht nur dort, wo ein klares Metrum und ein regelmäßiges Reimschema zu beobachten ist, sondern auch dort, wo diese einfachen Schemata zugunsten abstrakterer und komplizierterer Kompositionsprinzipien verlassen werden. Aber: Sobald wir ein Gedicht als Gedicht wahrnehmen, und das gilt selbst für Gedichte, in denen es fast nur um die sprachliche Form geht und vordergründig gar nicht um eine Aussage, ist die Komposition immer nur eine Seite der Medaille. In aller Regel ist die Form bezogen auf den »Inhalt«, den Sachaspekt und das sprachliche Handeln (Klage, Liebeswerben,

Schwärmen usw.). Das gilt selbst für Dada-Gedichte, die auf der Oberfläche keinen benennbaren Sachgehalt aufweisen, wie beispielsweise Christian Morgensterns (1871–1914) »Das große Lalulā«: »Kroklokwafzi? Semememi! / Seiokrontro – prafriplo: / Bifzi, bafzi; hulalemi: / quasti basti bo… / Lalu lalu lalu lalu la!«. Selbst Gedichte wie dieses implizieren Aussagen, die man **verstehen** kann: Zum einen lassen sie sich deuten als Rede über die Grenzen der sinnvollen Rede. Man kann sie interpretieren als Zurückweisung vermeintlicher Eindeutigkeiten und Zwänge der Alltagskommunikation, als Provokation, die Freiräume schafft. Zum anderen lassen sie sich verstehen als Infragestellung der lyrischen Tradition, deren Form sie teilweise imitieren, um sie so parodistisch zu kritisieren. Schließlich ist auch der Hinweis, dass man sich über die Tradition lustig macht und deren Elemente zu Bausteinen absurder Konstruktionen verarbeitet, eine Aussage, nämlich über Sinn und Unsinn der traditionellen Dichtung, und eine Infragestellung von Ernst und Pomp der lyrischen Tradition. Das Gedicht zielt möglicherweise auch auf die Provokation einer Gesellschaft, deren übergroßen Ernst, deren Pathos und Zwanghaftigkeit man mit den Mitteln einer vordergründig unsinnigen Poesie irritieren möchte.

Merkbox: Gedicht

Gedichte sind kunstvoll gestaltete Texte, die aufgrund der starken Verdichtung inhaltlicher Aussagen und formaler Mittel zunächst oft schwer verständlich wirken. Gedichte wollen jedoch grundsätzlich verstanden werden. Die oft betonte Emotionalität des Sprechens ist dabei nicht unbedingt die zentrale Aussageabsicht eines Gedichts. Zu untersuchen ist vielmehr, mit welchen sprachlichen Mitteln der Eindruck des Emotionalen hervorgerufen wird. Grundsätzlich sind Gedichte nicht darum interessant, weil wir durch sie das Leben berühmter Dichter kennenlernen. Interessant sind Gedichte auch früherer Epochen vielmehr, weil wir durch sie etwas über uns und das menschliche Leben erfahren und vor allem auch darüber, wie man Licht und Schatten des Lebens in Worte fassen kann.

2.2 Aufgabenbündel: Analysieren und Interpretieren

Die Aufgabenstellung »Interpretieren Sie das Gedicht« hört sich einfach an, ist es aber nicht. Wer ein Gedicht »interpretiert«, erledigt nicht eine einzige Aufgabe, sondern ein ganzes Aufgabenbündel. Zunächst sind einige elementare Dinge zu verstehen und zu benennen, nämlich: wer redet hier mit wem über was? Man muss aber auch inhaltliche und formale Details **analysieren** und schließlich das Ergebnis der Analyse in einer **Interpretation** zusammenführen. Die Interpretation setzt also voraus, dass man den Inhalt zusammenfassen sowie sprachliche Eigenschaften **identifizieren und benennen** kann. Darüber hinaus muss man **analytisch** die Funktion der einzelnen Beobachtungen erfassen. Man muss also nicht nur Metrum, Reimschema und andere Stilmittel korrekt identifizieren, sondern auch erklären, welche Wirkung und Bedeutung diese Mittel haben und ob zwischen dem Inhalt und bestimmten sprachlichen Auffälligkeiten Zusammenhänge bestehen. Schließlich verlangt das Aufgabenbündel »Interpretation« noch, die vielen

Einzelbefunde aus Beschreibung und Analyse in einer **erörternden Interpretation** zusammenzufassen. Es muss dazu eine Deutungshypothese gefunden werden, auf die sich die Ergebnisse der Analyse als Argumente beziehen lassen und die man mit Hilfe der Analysebefunde argumentativ schlüssig begründen kann. Mit diesen Hinweisen ist angedeutet, dass die Analyse und die Interpretation eines Gedichts zwar zusammengehören, aber auch klar zu unterscheiden sind. Das ist nun etwas genauer zu fassen.

Analyse

Unter einer **Analyse** versteht man eine Untersuchung, die das Ganze (Inhalt und Form) eines Gedichts in seine Einzelteile auflöst und diese Einzelteile und deren Beziehung zueinander genau betrachtet. Die Analyse des Inhalts bezieht sich u. a. auf die Gliederung und den Aufbau des Textes: in welche Teile sich der Inhalt gliedern lässt, ob ein narrativer oder ein argumentativer Aufbau zu erkennen ist, welche Kontrast- und Ähnlichkeitsbeziehungen zwischen einzelnen Motiven zu finden sind. Die Analyse der Form richtet sich z. B. auf Klangmuster (Reim, Kadenz, Metrum, Rhythmus, Alliteration), auf die Bildersprache (Metapher, Metonymie, Synekdoche, Vergleich), Satzbaumuster (Parallelismus, Chiasmus, Hypotaxe, Parataxe), auf logische Strukturen (Ironie, Oxymoron, Paradoxie). Das Ergebnis der Analyse besteht in der Regel zunächst einmal darin, dass man die Häufigkeit (oder auch das Fehlen) bestimmter formaler Mittel feststellt, dass man Beziehungen zwischen formalen Auffälligkeiten und inhaltlichen Aussagen und Tendenzen benennt. **Methodisch** zielt sie darauf ab, Beobachtungen am Text festzuhalten und zu verallgemeinernden Aussagen zu verdichten. So kann man auf der Grundlage der Analyse beispielsweise feststellen, dass ein Gedicht viele originelle Metaphern und Vergleiche enthält, die das Verständnis erschweren, oder dass kurze Verse und ein parataktischer Satzbau mit Satzende am Versende einen lebhaften liedhaften Eindruck erwecken oder dass eine komplexe hypotaktische Struktur des Satzbaus in engem Zusammenhang mit der argumentativen Struktur des Gedichts steht. Obwohl ein erfahrener Leser natürlich immer bestimmte Erwartungen an Gedichte mitbringt, bevor er mit der Lektüre beginnt, startet die Analyse grundsätzlich nahe am Text und bewegt sich von hier zu allgemeineren Aussagen über den Text von diesem weg.

Interpretation

Mit der **Nähe zum Text** als Kennzeichen der Analyse ist vielleicht der zentrale Gegensatz zur **Interpretation** benannt, die im Sinne einer Erörterung immer mit einer **These über** den Text – und entsprechend mit einer gewissen **Distanz** zu diesem – beginnt. Wer interpretiert, muss argumentieren, muss Thesen entwickeln und diese mit plausiblen Argumenten begründen. Die Analyse kommt an dieser Stelle mit der Aufgabe ins Spiel, die Argumente und Belege für die Thesen des Interpreten bereitzustellen. Diese Bestimmung der Interpretation weicht von traditionellen Vorstellungen teilweise ab. Oft bezieht sich der Begriff der Interpretation vor allem auf ein **geistiges** Geschehen, auf die im Kopf des Interpreten geleistete Deutung von Texten (und Handlungen). In der Schule bezeichnet die Interpretation aber – und an dieser Idee orientiert sich der hier vorgestellte Ansatz – eine **kommunikative Handlung**, durch die man anderen mitteilt, wie man einen Text verstanden hat. Vor allem im Deutschunterricht kommt es ja darauf an, im Sinne der zweiten Bestimmung des Interpretationsbegriffs einen überzeugenden Interpretationsaufsatz über ein Gedicht zu verfassen. Womit das Verstehen als Aspekt des Interpretierens allerdings nicht einfach verschwindet, sondern einen präziseren Ort zugewiesen bekommt. Die Aussage, die in der Interpretation als Erörterung argumentativ zu begründen ist, bezieht sich **inhaltlich** ja durchaus auf die Frage, wie man einen Text versteht.

Womit zu klären ist, was man unter dem »Verstehen« versteht. Eine lange gültige Antwort orientierte sich an der Frage, was einem der **Autor** mit dem Gedicht sagen wollte. Nun ist diese Vorstellung gerade beim Zugang zu Gedichten nicht sehr hilfreich und weiterführend. Wenn es Dichtern darum geht, Lesern bestimmte Aussagen über die Welt mitzuteilen, tun sie dies in der Regel in anderer Form: in Briefen, Essays, Reden oder philosophischen oder wissenschaftlichen Sachbüchern. Sicher enthalten die meisten Gedichte auch interessante Aussagen: beispielsweise über das Wesen der Liebe, über die schönen Seiten der Natur, über die Endlichkeit des menschlichen Lebens. Ein Gedicht jedoch ausschließlich auf einen Beitrag zur philosophischen Diskussion über diese Themen zu reduzieren, erscheint eigentümlich kunstfremd und der komplizierten Form nicht angemessen.

Ein zweiter Einwand gegen diese Orientierung an den möglichen Gedanken des Autors ist das Bekenntnis vieler Autoren, dass sie sich oft selbst nicht über diese im Klaren waren, als sie das Gedicht schrieben. Zur Weltanschauung erhoben ist diese Idee von der Unwillkürlichkeit, der relativen Unkontrolliertheit des Dichtens in der Vorstellung vom Autor als Genie. Vor allem im späteren 18. Jahrhundert etablierte sich die Vorstellung, dass sich die wahre Dichtung nicht der bewussten und kontrollierten Komposition des Dichters verdankt, sondern dass das Genie die richtige Kunst in der Folge von zumindest teilweise unkontrollierten Eingebungen produziert. Auch nach dem Ende der Genie-Ästhetik hält sich bis heute die Vorstellung, dass Gedichte nicht einfach wie Handwerksstücke nach Regeln produziert werden, sondern dass der Dichter gleichermaßen kompositorisch handelnder Täter wie auch Opfer seiner Eingebung sei. Zwar spiele die bewusste Komposition immer eine gewisse Rolle, aber entscheidende Aspekte des Schreibprozesses verdanken sich, so die Idee, psychischen Prozessen, Erfahrungen und Inspirationen, die der Künstler nur begrenzt kontrollieren könne. Auch aus der Sicht neuerer Kommunikations- und Kunsttheorien spricht einiges dafür, dass es nicht unbedingt die Absichten des Künstlers sind, die es zu verstehen gilt, wenn man ein Gedicht zu deuten versucht.

Um zu erklären, was es heißt, dass die Interpretation sich nicht an den Absichten des Autors orientiert, sei an Einsichten der modernen Kommunikationstheorie erinnert.[3] Hier geht man davon aus, dass das, was im Kopf eines Menschen vorgeht, für die anderen Teilnehmer der Kommunikation prinzipiell unzugänglich ist. Das Bewusstsein eines Individuums sei für andere Menschen eine »Black Box«, eine Kiste, in die man nicht hineinsehen könne. Radikaler noch behaupten einige Soziologen, dass Kommunikation nur darum überhaupt zustande komme, **weil** wir uns nicht gegenseitig in die Köpfe sehen können.[4] Sonst müsste man sich ja gar nicht die Mühe machen, etwas zu sagen, und im Anschluss an das Reden eines anderen wiederum müsste man sich nicht bemühen, den Sinn des Gesagten zu verstehen. Gegen die Vorstellung, dass man beim Verstehen eines Textes vor allem die Gedanken des Autors erfassen sollte, spricht schließlich auch die Alltagserfahrung, dass

3 Siehe z. B. Paul Watzlawick [u. a.], »Menschliche Kommunikation. Formen, Störungen, Paradoxien«, Bern [u. a.] 1982.

4 Siehe z. B. Niklas Luhmann, »Soziale Systeme«, Frankfurt a. M. 1984.

es oft hilfreicher ist, sich die **Situation** anzusehen, auf die ein Sprecher reagiert, als irgendwelche Überlegungen über die unsichtbaren Gedanken in seinem Kopf anzustellen. Wenn man verstehen will, warum jemand »Du Idiot!« sagt, nützt es wenig, über die Gedanken im Kopf des Sprechers zu spekulieren. Zielführender ist oft eher ein Blick auf die Situation, auf die der Sprecher reagiert. Ob er oder sie mit seiner Freundin, ihrem Bruder oder seiner Mutter redet, was der oder die Partner gerade gesagt haben, ob man sich in der Kneipe, auf dem Fußballplatz oder im Klassenzimmer befindet.

Für die Interpretation von Gedichten lassen sich zwei Thesen aus dem Gesagten ableiten: Zum einen verlangt das Verstehen eines lyrischen Textes – analog zu einer Aussage im Alltag –, dass man sich die **Situation** ansieht, innerhalb derer die dichterische Äußerung als Antwort Sinn macht. Diese Situationen sind für den **Autor** (wohlgemerkt: nicht den **Sprecher**) eines Gedichts in der Regel geprägt vom Wissen darum, dass man dichtend auf andere Gedichte reagiert und sich so gewissermaßen an einer »Diskussion« beteiligt, wie man am besten dichtet.[5] Daneben reagieren Dichter beim Dichten jedoch immer auch auf ein riesiges Feld unterschiedlicher gesellschaftlicher Diskussionsstränge (Diskurse), zu denen man ein Gedicht als Antwort und Beitrag verstehen kann. Um beim jungen Goethe zu bleiben: Zum einen sind die Sesenheimer Gedichte

5 Die Unterscheidung zwischen **Autor** und **Sprecher bzw. lyrischem Ich** ist grundlegend für eine angemessene Gedichtinterpretation. Der Autor ist die reale historische Person, die das Gedicht verfasst hat, der **Sprecher** bzw. das **lyrische Ich** ist eine **Inszenierung** des Autors: Die aus dem Gedicht sprechenden Wahrnehmungen, Gefühle, Appelle und Urteile müssen – das ist wesentlich – dieser Sprecherinstanz, auch »lyrisches Ich« genannt, zugerechnet werden und können nicht ohne Weiteres mit der Autormeinung gleichgesetzt werden. Ausführlich erläutert wird das unten in Kap. 4.3.

als Reaktion auf die **Dichtung** der Zeit zu verstehen: einerseits als Kritik und Zurückweisung einer handwerklich-rhetorischen Dichtung im Sinne Gottscheds und andererseits als Fortsetzung und Radikalisierung der Empfindsamkeit (bei Klopstock und Voß). Zum anderen sind die Sesenheimer Gedichte aber auch als Reaktion auf die philosophische Diskussion der späten Aufklärung zu verstehen, mit dem Streit über Sinnlichkeit und Vernunft des Menschen, über Freiheit und Gerechtigkeit, über die Bedeutung der Natur, über die Geschichte und so weiter.

Die damit anklingende Feststellung, dass die möglichen Bezüge eines Gedichts auf Diskussionen der Zeit extrem vielfältig ausfallen, hat eine weitere Konsequenz: Da wir in den Kopf des Autors nicht hineinsehen können (um zu entscheiden, welche Bezüge er im Kopf hatte), ist jede Aussage und so auch jedes Gedicht mehrdeutig und damit interpretationsbedürftig. Für schriftliche Texte gilt dies stärker als für mündliche Äußerungen, und für literarische Texte stellt sich das Problem noch deutlicher als für Sachtexte. Literatur ist ja in der Regel durch »Leerstellen«, durch unvollständige Aussagen, gekennzeichnet. Dem Leser werden also bestimmte Informationen vorenthalten, die für ein eindeutiges Verstehen (wie es in Kochrezepten oder Bauanleitungen vorgesehen ist) nötig wären. Dass der Interpret in diesem Sinne einen relativ großen Freiraum nutzen kann, wenn er ein Gedicht als Antwort auf Diskussionen der Zeit zu lesen versucht, ist allerdings nicht als Freibrief für jede beliebige Interpretation zu verstehen. Es gibt zwar nicht eindeutig richtige oder falsche Interpretationen. Dafür gibt es aber durchaus plausible, also argumentativ überzeugende, und weniger überzeugende Deutungen. Überzeugende Lesarten eines Textes bieten dem Leser klare Thesen und nachvollziehbare Argumente, sie erwähnen Informationen über die relevanten Diskussionen der Zeit und Details aus dem Text, die belegen, dass das Gedicht darauf reagiert. Weniger überzeugende Interpretationen verweisen beispielsweise nur ganz allgemein auf die Epoche und neigen bei der Berufung auf den Text entweder zur **Überinterpretation** (wenn beispielsweise der fünfhebige Jambus ohne weiteren Beleg als Zeichen für die »Begeisterung für die Französische Revolution« gedeutet wird) oder zur »Unterinterpretation«, wenn nämlich gar keine Thesen entwickelt werden, sondern der Inhalt bloß paraphrasiert, zitiert oder zusammengefasst wird und Stilmittel nur aufgezählt, aber nicht auf ihre Wirkung hin kommentiert werden.

Merkbox: Analyse

Die **Analyse** eines Gedichts erfordert zum einen die Benennung formaler und inhaltlicher Auffälligkeiten, zum anderen aber erklärende Aussagen zu deren Zusammenhang und Wirkung. Inhaltlich beinhaltet die Analyse die Rekonstruktion der Textstruktur eines Gedichts und erfasst die Funktion der Einzelaussagen für die beschreibende, erzählende oder argumentative Organisation des Textes. Formal zielt die Analyse auf die Benennung einzelner Merkmale des Textes und beleuchtet deren Beziehung zueinander. Die Analyse beginnt mit der markierenden Arbeit am Text selbst und schlägt sich nieder in einer stichwortartigen Sammlung der Beobachtungen. Die Analyse eines Gedichts ist kein Selbstzweck, sondern dient als Grundlage für eine erörternde Interpretation.

Merkbox: Interpretation

Der Begriff der **Interpretation** ist mehrdeutig: einmal bezeichnet er das deutende **Verstehen** eines Textes, zum anderen bezieht er sich auf eine kommunikative **Mitteilung**, in der dieses Verstehen sprachlich zu einem Text geformt wird. Die Aufgabenstellung »Interpretieren Sie das Gedicht« umfasst, ohne dass dies ausgesprochen würde, ein ganzes Bündel von Aufgaben, angefangen beim elementaren inhaltlichen Verstehen über die Textanalyse bis hin zum Formulieren einer These zum übergeordneten Sinn des Gedichts. Interpretationen zielen nicht darauf, die Gedankenwelt des Autors zu rekonstruieren, sondern eher darauf, das Gedicht als Aussage und Beitrag zu Diskussionen der Zeit zu verstehen. Das entscheidende Bewertungskriterium für eine Interpretation ist nicht die Frage, ob sie richtig oder falsch ist, sondern ob sie argumentativ überzeugen kann oder nicht. Die argumentative Überzeugungskraft hängt dabei maßgeblich von der Gründlichkeit der vorangegangenen Analyse ab.

3. Zur Analyse der lyrischen Formensprache

Obwohl die Form eines Gedichts erst im Zusammenhang mit den inhaltlichen Aussagen ihren Sinn offenbart, ist die sprachliche Gestaltung das, was dem Leser zuerst ins Auge fällt: Man sieht die Gliederung in Verse und Strophen und erkennt schnell auch Wiederholungsmuster am Versanfang oder am Ende. Klanglich zeigen viele Gedichte ein regelmäßiges Metrum, eine regelmäßige Kadenz und Reimstruktur sowie Alliterationen oder auch die regelmäßige Abfolge bestimmter Laute (heller und dunkler Vokale, Häufung von Explosiv- und Reibelauten usw.). Obwohl dieser Aspekt relativ deutlich ins Auge sticht, ist zu beachten, dass die formalen Mittel für sich allein betrachtet in der Regel kaum auf eine eindeutige Aussage festzulegen sind. Deutlich wird zumeist allenfalls, dass sich ein Gedicht durch eine gleichmäßige Struktur auszeichnet oder durch das Fehlen derselben, ob ein gehobener oder ein einfacher Stil vorherrscht, ob viele oder wenige sprachliche Bilder verwendet werden etc. Es lassen sich also bestimmte **stilistische Tendenzen** festhalten. Doch aus dieser Beobachtung allein dürfen nicht vorschnell inhaltliche Schlüsse gezogen werden: Wenn ein Gedicht metrisch durch einen fünfhebigen Jambus strukturiert ist, dann verweist das, isoliert betrachtet, weder auf Nervosität oder Seelenruhe des Sprechers, noch ist hierin unmittelbar ein Statement zur Harmonie und Ordnung in Natur oder Gesellschaft zu sehen. Offenkundig ist die Unhaltbarkeit solcher Kurzschlüsse, da ein und dasselbe Metrum in Gedichten mit ganz unterschiedlichen inhaltlichen Aussagen zu finden ist. Ähnliches gilt für andere formale Auffälligkeiten. Entscheidend ist die Berücksichtigung der formalen Merkmale gleichwohl, da die sprachliche Form die inhaltlichen Aussagen und die Gesamtwirkung des Gedichts maßgeblich prägen kann. Offenkundig wird das am Beispiel des Stilmittels der Ironie: Wer etwa die ironische Einfärbung einer Aussage nicht registriert und berücksichtigt, läuft Gefahr, das ganze Gedicht vollkommen falsch zu verstehen.

3.1 Vers, Metrum, Rhythmus

Vers und Metrum

Die Gliederung in Verse gilt als ein wesentliches Merkmal der lyrischen Dichtung. Nur als Grenzfall der Gattung gibt es auch Gedichte in Prosa. **Verse** lassen sich definieren als Textzeilen eines Gedichts (gelegentlich auch eines Dramas), deren Länge und Form bewusst gestaltet ist. Man unterscheidet verschiedene **Versmaße** in Abhängigkeit vom **Versfuß** und der Zahl der betonten **Silben**. Die Unterscheidung der Versfüße in der deutschsprachigen Literatur orientiert sich am regelmäßigen Wechsel betonter und unbetonter Silben. Von einem alternierenden Metrum spricht man dann, wenn betonte und unbetonte Silben sich regelmäßig abwechseln. Dies ist beim **Jambus** der Fall mit der Reihenfolge unbetont–betont (xx́) und beim **Trochäus** mit der Reihenfolge betont–unbetont (x́x). Daneben sind noch zwei dreisilbige Versfüße verbreitet: Beim **Anapäst** folgt auf zwei unbetonte Silben eine betonte (xxx́), beim **Daktylus** ist es umgekehrt so, dass auf eine betonte zwei unbetonte Silben folgen (x́xx). Eine Merkhilfe ist hier, dass die Namen der beiden dreisilbigen Versfüße so betont werden wie die Muster, die sie bezeichnen, also DAK-ty-lus und An-a-PÄST. Den Trochäus kann man sich insofern gut einprägen, als er das Metrum der Geschichte von »Max und Moritz« bestimmt: »MAX und MO-ritz, DIE-se BEI-den, / KONN-ten IHN da-RUM nicht

LEI-den.« Bemerkenswert ist an diesem Beispiel, dass das allgemeine metrische Maß die Betonung einzelner Wörter beeinflussen kann: »darum« wird isoliert als Wort normalerweise auf der ersten Silbe betont, im Fluss des Verses bei Wilhelm Busch jedoch nicht. Der **Jambus** hingegen ist das Metrum, in dem das bekannte unendliche Volkslied vom Hund, dem Ei und dem Koch verfasst ist: »Ein HUND kam IN die KÜ-che / und STAHL dem KOCH ein EI / da NAHM der KOCH den LÖF-fel / und SCHLUG den HUND ent-ZWEI [...]«.

Infobox: Versfüße

Jambus	xx́ (unbetont – betont)	»Es schlúg mein Hérz geschwínd zu Pférde« (Johann Wolfgang Goethe, »Willkommen und Abschied«)
Trochäus	x́x (betont – unbetont)	»Féstgemaúert ín der Érden« (Friedrich Schiller, »Das Lied von der Glocke«)
Anapäst	xxx́ (unbetont – unbetont – betont)	»Da ergreíft's ihm die Séele mit Hímmelsgewált« (Friedrich Schiller, »Der Taucher«)
Daktylus	x́xx (betont – unbetont – unbetont)	»Frúh, wann die Háhne krähn« (Eduard Mörike, »Das verlassene Mägdlein«)

Für diejenigen, die nicht hören oder sich nicht vorstellen können, wo die Betonung der Wörter liegt, lassen sich zwei Hilfen nennen. Zum einen hört man die Betonung als Muttersprachler in der Regel, wenn man ein Wort **laut spricht**. Dieses betonende laute Lesen nennt man auch **Skandieren**. »Bahnhofsvorplatz« wird man als Muttersprachler kaum »bahn-HOFS-vor-PLATZ« lesen und ähnlich irritierend erscheint die Betonung des Wortes »lin-SEN-sup-PE«. Wer sich nach dem Skandieren immer noch nicht sicher ist, kann das Ganze auch mit Verstand und Regelwissen angehen. Selbst, wenn man sich das als Muttersprachler nur selten oder gar nicht klarmacht: es gibt für das Deutsche tatsächlich relativ feste Regeln für die Betonung. Betont wird grundsätzlich die erste **Stamm**silbe. Also »FUSS-ball« und nicht »fuß-BALL«. Wenn ein Wort mit einer **Vorsilbe** versehen ist, wie in »be-TO-nung« oder »ver-ACH-tung« bleibt die Vorsilbe unbetont.

Um das Metrum zu bestimmen, empfiehlt es sich, über den Versen zwei Markierungen anzubringen. Zunächst markiert man mit einem »x« über dem Vers **jede Silbe**. In einem zweiten Schritt werden dann mit einem Akzent »´« die **betonten** Silben markiert.

x́ x x́ x x́ x x́
Dénn wer dúmme Streíche mácht [...]

Neben den Versfüßen wird das **Metrum** (das Versmaß) durch die Zahl der betonten Silben, durch die Beziehung von Vers und Satz und durch **Zäsuren** (kleine Sprechpausen im Vers) bestimmt. Bei dem eben zitierten Vers aus Buschs »Max und Moritz« beispielsweise ist das Metrum ein vierhebiger Trochäus. Lieder haben in der Regel kürzere, also zwei- bis dreihebige Verse. Die Verse im Barocksonett fallen mit ihren meist 6 Hebungen und einer Zäsur in der Mitte relativ lang aus. In der Regel wirken kurze Verse eher einfach und unkompliziert und suggerieren je nach Perspektive die Spontaneität oder Naivität des Sprechers. Lange Verse hingegen erscheinen komplex und anspruchsvoll und lassen den Sprecher je nach Blickwinkel entweder gebildet und kunstfertig oder eingebildet und aufgeblasen wirken.

Wenn das Versende mit dem Ende eines Satzes zusammenfällt, spricht man von einem **Zeilenstil**, wenn der Satz in den nächsten Vers übergeht, von einem **Zeilensprung** oder **Enjambement**. Besonders deutlich tritt der Einschnitt dann in Erscheinung, wenn Satzglieder oder gar Wörter getrennt werden wie im Gedicht »Das ästhetische Wiesel« von Christian Morgenstern (1871–1914), das mit dem folgenden Terzett endet:

Das ráffiníer-
te Tíer
tats úm des Reímes wíllen.

Einige regelmäßige Versmaße sind konventionell genauer bestimmt. Beispiele seien hier kurz vorgestellt:

Der **Alexandriner** ist ein sechshebiger Jambus mit einer Zäsur (|) in der Mitte, der vor allem in der Barocklyrik verbreitet war. So etwa in »Vergänglichkeit der Schönheit« von Christian Hoffmann von Hoffmannswaldau (1616–1679):

Es wírd der bleíche Tód | mit seíner kálten Hánd
Dir éndlich mít der Zeít | um deíne Brűste streíchen /
Der líebliché Koráll | der Líppen wírd verbleíchen;
Der Schúltern wármer Schnée | wird wérden kálter Sánd.

Der sechshebige Jambus erscheint hier gereimt (umarmend: abba[6]) und mit einem Wechsel von männlicher (d. h. Versende auf betonter Silbe) und weiblicher Kadenz (Versende auf unbetonter Silbe). Deutlich zu erkennen ist die Zäsur in der Mitte

6 Zu den Reimschemata vgl. ausführlich Kap. 3.2.

der Verse (nach »Tod«, »Zeit«, »Korall« und »Schnee«). Wie in vielen anderen Barockgedichten geht diese kurze Pause hier, vor allem in den Versen drei und vier, mit einem inhaltlichen Kontrast einher: Der »liebliche Korall«, also das lebendige Rot der Lippen, kontrastiert mit dem »Verbleichen«, und die Wärme der Schultern (»Schnee« steht hier nicht primär für Kälte, sondern für vornehm-schöne Blässe) markiert einen Gegensatz zum »kalten Sand«, zu dem der Körper einmal zerfallen wird.

Für fünfhebige Jamben gibt es unterschiedliche Namen (**Vers commun**, **Blankvers**, **Endecasillabo**), die sich aus unterschiedlichen Vorbildern in Italien, Spanien und England ableiten. Die Unterschiede sind in der deutschen Umsetzung allerdings so schwer greifbar, dass es für den Schulgebrauch sinnvoller (und in Klausuren vor allem sicherer) ist, einfach von »fünfhebigen Jamben« zu sprechen und gegebenenfalls zu notieren, ob eine männliche oder weibliche Kadenz vorliegt, ob eine Zäsur zu beobachten ist und ob sich die Verse reimen oder nicht. Dies sei an einem Beispiel aus Goethes »Zueignung« kurz illustriert:

> Der Mórgen kám; | es scheúchten seíne Trítte
> Den leísen Schláf, | der mích gelínd umfíng,
> Dass ích, erwácht, | aus meíner stíllen Hǘtte
> Den Bérg hinaúf | mit fríscher Séele gíng.

Festzuhalten ist hier zunächst der fünfhebige Jambus, der Wechsel von weiblicher und männlicher Kadenz sowie der Kreuzreim. Auffällig ist daneben, dass jeweils die vierte Silbe (»kam«, »Schlaf«, »(er-)wacht«, »(hin-)auf«) weit stärker betont wird als etwa die leicht betonte zweite. Außerdem folgt auf die stark betonte vierte Silbe (die zweite Hebung) eine Zäsur, was hier betont wird durch die syntaktische Struktur und (mehrfach) durch die dazugehörigen Satzzeichen. Goethe folgt hier dem italienischen Muster des Endecasillabo, was man aber nicht unbedingt wissen muss, wenn man eine Klausur in der Schule schreibt. Erwarten kann man diesen Hinweis, wenn man eine Hausarbeit für die Uni verfasst. In der Schule ist es wichtig, dass man die hier erwähnten Merkmale (Betonung, Zäsur, Reim, Kadenz) erfasst und dazu noch bemerkt, welche Wirkung damit erzielt wird. In diesem Fall beispielsweise der Eindruck eines harmonischen Gleichklangs der Verse, was wiederum mit dem Inhalt korrespondiert, mit dem Bekenntnis des Sprechers, dass es ihm gut geht und er mit dem Leben und der Welt im Einklang steht.

Die hier vorgestellten Versmaße, die auf Vorbilder in der Renaissance-Literatur anderer europäischer Länder zurückgehen, waren in der deutschen Literatur vor allem im Barock beliebt. Im 18. Jahrhundert und in der Goethe-Zeit (Klopstock, Goethe, Schiller, Hölderlin) orientierte sich die Lyrik dagegen stärker an antiken Vorbildern. Einige dieser **antiken Versmaße**, die alle ungereimt sind, seien hier kurz vorgestellt.

Der **Hexameter** besteht in der Grundform aus sechs Daktylen (griechisch »hexa« ›sechs‹). Die ersten vier Daktylen können im Deutschen auch durch Trochäen ersetzt werden. In der Regel ist der Hexameter durch Zäsuren geprägt, die an unterschiedlichen Stellen im Vers vorkommen können. Der **Pentameter** ist, obwohl der griechische Name (»penta« ›fünf‹) etwas anderes nahelegt, ebenfalls sechshebig und maßgeblich durch den Daktylus als Versfuß geprägt. Vom Hexameter unterscheidet er sich jedoch durch eine ausgeprägte Zäsur (**Diärese**) in der Mitte des Verses, wo zwei betonte Silben aufeinanderstoßen. Der Pentameter teilt sich also gewissermaßen in zwei Halbverse, deren letzter **Takt** jeweils – und dies macht den zweiten wesentlichen Unterschied zum Hexameter aus – nicht aus einem Daktylus besteht, sondern aus einer einfachen betonten Silbe. Im ersten Halbvers können die Daktylen durch Trochäen ersetzt werden, der zweite Halbvers hingegen liegt meistens in seiner Struktur (Daktylus – Daktylus – einfache betonte Silbe: x́xx x́xx x́) fest. Der Pentameter kommt nur zusammen mit dem Hexameter vor, in einer aus zwei Versen bestehenden Einheit, die man **Distichon** nennt. Ein Beispiel ist »Das Distichon« von Friedrich Schiller (1759–1805):

> Ím Hexámeter steígt des Spríngquells flǘssige Säúle,
> Ím Pentámeter draúf | fä́llt sie melódisch heráb.

Bei einem Distichon handelt es sich allerdings nicht um eine Strophe, und entsprechend werden Distichen auch nicht durch Leerzeilen getrennt, wie man am Beispiel der folgenden Verse aus der fünften römischen Elegie Goethes erkennen kann, die nach dem Vorbild römischer Elegien-Dichter (Tibull, Properz und Ovid) in Distichen verfasst ist:

> Raúbt die Líebste denn gleích mir eínige Stúnden des Tä́ges,
> Gíbt sie Stúnden der Nä́cht mír zur Entschä́digung hín.
> Wírd doch nicht ímmer geküssst, es wírd vernǘnftig gespróchen,
> Ǘberfällt sie der Schlä́f, líeg ich und dénke mir víel.
> Óftmals hä́b' ich auch schón in íhren Ármen gedíchtet
> Únd des Hexámeters Mä́ß, leíse, mit fíngernder Hä́nd,
> Íhr auf den Rǘcken gezä́hlt, sie ä́tmet in líeblichem Schlúmmer
> Únd es durchglǘhet ihr Haúch mír bis ins Tíefste die Brúst.

Neben den regelmäßigen Metren gibt es auch unregelmäßige metrische Formen, den Knittelvers, den Madrigalvers und freie Verse. **Knittelverse** haben vier betonte Silben, zwischen denen jedoch die Lücken mit einer unregelmäßigen Zahl unbetonter Silben gefüllt wird. Hier ist also nicht klar zu bestimmen, ob ein Jambus oder ein Trochäus als elementarer Versfuß vorliegt. Knittelverse sind paargereimt (aabb …). Man unterscheidet zwischen strengen und freien Knittelversen. Die strenge Form weist nur selten unregelmäßige Füllungen auf und ist somit von vierhebigen Jamben oder Trochäen kaum zu unterscheiden. Ein Beispiel für den **strengen** Knittelvers stellt der folgende Auszug aus einem Gedicht von Hans Sachs dar:

Áchtbar, weís' und gǘnstigen Hérren
Euch Freúd und Frő̈hlichkeít zu méhren,
Seit dáss es jétzt ist án der Zeít,
Zu méhren Freúd und Frő̈hlichkeít.

Die **freien** Knittelverse sprengen die Vierhebigkeit und sind neben dem Paarreim durch die Unregelmäßigkeit der Versfüße gekennzeichnet. Die freie Form des Knittelverses lässt sich in folgendem Beispiel aus einem Drama von Andreas Gryphius (1616–1664) erkennen:

Auch lásst euch gár nicht díes betrǘben
Wénn der schréckliche grímmende brǘllende Lő̈w wird
eínher schíeben.

Der **Madrigalvers** weist keine festgelegte Zahl von Hebungen auf (es können 2 oder auch 8 Hebungen vorkommen). Dafür sind die Verse jedoch einheitlich durch einen Versfuß geprägt, also entweder konsequent jambisch oder trochäisch. Goethe verwendete den Madrigalvers an derart vielen Stellen seines »Faust«, dass dieses Metrum darum gelegentlich auch »Faustvers« genannt wird. Entsprechend sei dieser Vers auch mit einem Zitat aus Goethes Drama illustriert:

Der Geíst der Médizín ist leícht zu fássen;
Ihr dúrchstudíert die gróß' und kleíne Wélt,
Um és am Énde géhn zu lássen,
Wie's Gótt gefállt.

Zu unterscheiden sind schließlich freie Rhythmen und freie Verse. Als **freie Rhythmen** bezeichnet man die metrisch unregelmäßigen Verse, mit denen Dichter des 18. Jahrhunderts antike Versmaße imitieren, ohne dass dabei ein klar regelmäßiges metrisches Muster entsteht. Betonte und unbetonte Silben werden hier freilich nicht beliebig aneinandergereiht, sondern bewusst auf eine bestimmte Wirkung hin verteilt. Die Nutzung freier Rhythmen steht im Zusammenhang mit dem Freiheitspathos der Genieästhetik und wurde entsprechend gerne von den Vertretern der Empfindsamkeit und der »Sturm und Drang«-Dichtung verwendet: von Friedrich Gottlieb Klopstock (1724–1803), Johann Heinrich Voß (1751–1826) und dem jungen Goethe. Aufgrund dieser historischen Einbettung sollte man den Begriff »freie Rhythmen« tatsächlich auch nur für die Interpretation von Gedichten dieser Epoche verwenden. Insbesondere eignen sich die freien Rhythmen für den ekstatischen Ton der hymnischen Verherrlichung von Natur und Freiheit, die vor allem in der zweiten Hälfte des 18. Jahrhunderts verbreitet war. So etwa im folgenden Auszug aus dem Gedicht »Die Frühlingsfeier« von Klopstock:

Nícht in den Ózeán
Der Wélten álle
Will ích mich stǘrzen!
Nicht schwében, wó die érsten Erscháffnen,
Wó die Júbelchö́re der Sö́hne des Líchts,
Anbéten, tíef anbéten,
Únd in Verzǘckung vergéhn!

Ähnlich den freien Rhythmen weisen **freie Verse** kein festes metrisches Muster auf, hier ist die Auflösung rhythmischer Regelmäßigkeiten noch radikaler. Das Spektrum reicht von Gedichten, die ohne metrische Regelmäßigkeit durch andere sprachliche Mittel (z. B. Satzmelodie oder unterschiedliche Sprechhandlungen) einen sprachlichen Rhythmus erzeugen, bis hin zu Gedichten, die sich nur durch die grafische Setzung des Textes in Versen von Prosatexten unterscheiden. Die Verwendung freier Verse setzt sich, maßgeblich geprägt durch die französische Lyrik des frühen Modernismus, erst ab dem späten 19. Jahrhundert durch. Sie sollte also nicht mit den freien Rhythmen des 18. Jahrhunderts verwechselt werden. Als Beispiel für eine Dichtung, in der sich metrische Strukturen auflösen und in der vermittelt durch den Satzbau dennoch ein musikalischer Rhythmus zu erkennen ist, können die folgenden Verse aus dem Gedicht »Passion« von Georg Trakl (1887–1914) aus dem Jahre 1912 gelten:

Hínsterbend únter grǘnenden Bäúmen
Und fólgend dem Schátten der Schwéster;
Dúnkle Líebe
Eínes wílden Geschléchts,
Dém auf góldenen Rä́dern der Tág davónrauscht.
Stílle Nácht.

Mehrfach werden hier Daktylen angedeutet, ohne dass das Gedicht ganz daraus bestünde. Ein durchgehendes metrisches Muster ist nicht zu erkennen. Gleichwohl ergeben sich rhythmische Strukturen zunächst schon durch die syntaktische Parallele der etwa gleichlangen Partizipialkonstruktionen in den beiden ersten Versen der zitierten Stelle. Auffällig ist daneben der offenkundig bewusst gesetzte Kontrast zwischen den längeren, eher fließend zu sprechenden Versen (1 und 2, 4 und 5) und den verstörend knappen und abgehackt wirkenden Kurzversen 3 und 6.

Was es heißt, wenn sich die rhythmischen Strukturen so weit auflösen, dass man von einer »prosaischen Lyrik« sprechen kann, zeigt der Auszug aus dem Gedicht »Restaurant« (1951) von Gottfried Benn (1886–1956):

Der Hérr drǘben bestéllt sich nóch ein Bíer,
das íst mir ángenéhm, dann braúche ích mir keínen Vórwurf
zu máchen,
dass ich aúch gelégentlich eínen zísche.
Man dénkt ímmer gleích, mán ist sǘchtig,
in eíner ámerikánischen Zeítschrift lás ich sogár,
jéde Zigarétte verkǘrze das Lében um séchsunddreíßig
Minúten,
das glaúbe ich nícht, vermútlich stéht die Cóca-Cóla-
Índustríe
óder eíne Kaúgummifabrík hínter dém Artíkel.

Hier findet sich keinerlei metrische Strukturierung und auch in der Syntax sind keine Wiederholungsmuster erkennbar, die zu einer rhythmischen Strukturierung führen. Das Versende ist allein optisch sichtbar, folgt nur manchmal dem Satzbau und dient eher der Erinnerung an traditionelle Versstrukturen, die dem Leser provozierend angedeutet, dann aber doch vorenthalten werden.

Rhythmus

Der Rhythmus ist in Bezug auf sprachliche Texte meist ein eher vager Ausdruck. Oft wird er einfach mit metrischen Mustern gleichgesetzt. Was sich spätestens dann als unzutreffend erweist, wenn man auf lyrische Texte mit freien Versen stößt, wie etwa den oben angeführten Auszug aus Trakls »Passion«. Was also versteht man unter Rhythmus? Im Gegensatz zum Metrum resultiert der Rhythmus aus ganz unterschiedlichen Dimensionen eines Textes. Am leichtesten zu fassen bekommt man das Phänomen, wenn man sich klarmacht, auf welche Facetten eines Textes man achten muss, wenn man ihn laut vortragen möchte, und zwar rezitierend, wie es ein Schauspieler im Vortrag täte, nicht skandierend, um das Metrum herauszufinden. Dabei spielt zum einen der **Satzbau** eine große Rolle, daneben aber auch der **Inhalt**, also die Frage, welches **sprachliche Handeln** im Gedicht abgebildet oder imitiert wird, welche **Stimmung** und welche **Charaktereigenschaften** man auf der Grundlage des Textes dem lyrischen Ich zuschreiben kann, und letztlich auch die Frage, von welchem **Thema** gespochen wird.

Zunächst zum Satzbau und zum Verhältnis von Vers und Satz. Erstens gilt, dass Satzzeichen immer auf eine mehr oder minder große Pause verweisen. Entsprechend ergibt sich alleine schon durch die Verteilung von Komma, Punkt, Doppelpunkt, Semikolon, Ausrufezeichen und Fragezeichen eine Rhythmisierung des Textes. Diese kann eleganter oder weniger elegant, bewusst oder unbewusst wirken. Sie ist aber immer da. Zweitens werden **Aussagesätze** anders betont und weisen eine andere Dynamik auf als **Fragesätze**. Der Satz »Er geht, obwohl er nicht sehr gerne geht« hat eine andere Satzmelodie als der sehr ähnlich komplexe Fragesatz: »Geht er, läuft er, oder steht er?« Entscheidend ist drittens die **Komplexität eines Satzes**. Ein langes Satzgefüge hat einen anderen Fluss als eine Folge von Hauptsätzen oder unvollständigen Sätzen (Ellipsen). Der Satz »Ich will auf keinen Fall ein Vanilleeis in der Waffel, weil ich Milcheis nicht ausstehen kann« hat eine andere rhythmische Dynamik als das parataktische »Ich will kein Eis. Ich will einfach keins« oder das elliptische »Nein! Jetzt nicht!« Wirkungsvolle rhythmische Effekte ergeben sich – im Gedicht genauso wie in der Rede oder dem Essay – aus der Kombination von langen Gefügen und kurzen Hauptsätzen oder Ellipsen: »Frieda, Otto und Markus durften letzte Woche fast jeden Abend bis Mitternacht Filme sehen. Die drei bekommen außerdem permanent wahnsinnig angesagte Klamotten. Und ich? Was ist mit mir?« Viertens fällt schließlich noch das **Verhältnis von Satz und Vers** ins Gewicht, weil ein Enjambement immer eine minimale Pause impliziert. Vergleiche:

(1) Er geht, weil er so gerne geht.
(2) Er geht, weil er so gerne
geht.

Neben dem Satzbau hat fünftens auch der **Inhalt** einer Botschaft in mehrfacher Hinsicht Konsequenzen für den Rhythmus eines Textes. So trägt man eine frohe Botschaft anders vor als eine traurige Nachricht oder einen ernsten Gedanken. Vergleiche:

(3) Hurra! Wir haben gewonnen!
(4) Ich weiß nicht, ob ich dieses Jahr versetzt werde.
(5) Sein oder Nichtsein, das ist die Frage.

Beispiel (3) ist dadurch geprägt, dass die zweite Silbe des »Hurra« relativ lang gedehnt wird, mit dem Ausrufezeichen auch eine deutliche Pause anklingt und das »gewonnen« sicherlich deutlich betont wird, vielleicht sogar jede Silbe einzeln: »ge – won – nen«. Die traurig-ernste Reflexion in Beispiel (4) wird man wohl eher ohne große Dynamik vortragen, in einem relativ gleichmäßigen Tempo und ohne deutliche Zäsur, trotz des Kommas.

Weiter ist – sechstens – entscheidend, welches **sprachliche Handeln** man vollzieht, wenn man etwas sagt. Macht man eine Sachaussage? Warnt man jemanden vor etwas? Erzählt man einen Witz? Schimpft man? Vergleiche dazu die folgenden Aussagen:

(6) Sprudel enthält viel Zucker.
(7) Achtung, der Sprudel! Kannst du nicht aufpassen, jetzt klebt wieder alles.
(8) Einen Sprudel noch, bitte!

Beispiel (6) kann natürlich unterschiedlich gelesen werden (mit starker oder schwacher Betonung von »viel«, pedantisch mit einer Zäsur zwischen jedem Wort), weist aber als sachlicher Hinweis wenig Dynamik auf. Beispiel (7) wird dagegen sicher als relativ hektisch gesprochener Vorwurf realisiert, schnell und dramatisch gesprochen, mit deutlichen Pausen zwischen den einzelnen Teilen der Aussage.

Nicht unerheblich für den Rhythmus ist schließlich siebtens auch der Aspekt der **Selbstaussage** des lyrischen Ichs, sein (unterstellter) **Charakter** und seine (angenommene) **Stimmung**. Sehe ich das lyrische Ich charakterlich als jugendlichen Liebhaber, als weise alte Frau, als groben Kerl oder als schüchternen Knaben (um nur einige Möglichkeiten zu nennen)? Vergleiche:

(9) Ich liebe dich, Julia!
(10) Ach, wenn die Jugend so von Liebe redet …
(11) Ich krieg dich schon noch, du blöde Tussi!
(12) Ich weiß nicht! Soll ich sie fragen? Vielleicht findet sie mich aufdringlich, wenn ich sie bitte, mit mir zur Bushaltestelle zu gehen.

Beispiel (9) wird dramatisch schwungvoll zu sprechen sein, im Gegensatz zu (10), das man im Ton einer älteren Person, die melancholisch auf die Vergangenheit zurückblickt, gleichmäßig fließend und besonnen spricht. Auch die unterstellte **Stimmung** des lyrischen Ichs spielt eine Rolle für die Frage, wie ich einen Text vortrage. Vergleiche dazu Beispiele (13) und (14):

(13) Ich liebe dich wirklich, Julia, aber ich habe heute Kopfschmerzen.
(14) Ich liebe dich, und wenn die Welt morgen unterginge, es wäre mir gleich egal!

Beispiel (14) wird deutlich schwungvoller, schneller und mit weniger Pausen gesprochen werden als die müde und lahme Entschuldigung in (13).

3.2 Reim, Kadenz, Strophe

Reim und Kadenz

Anders als im Prosatext, dessen Zeilen je nach Zeichenzahl pro Seite mal so und mal so gesetzt werden, sind die Verse im Gedicht nicht nur in sich strukturiert, sondern stehen auch zueinander in einer beachtenswerten Beziehung. Eine der offensichtlichsten Formen dieser Relation ist der Reim. Der Reim lässt sich bestimmen als lautliche Wiederholung von Silben am Ende von Versen wie z. B. in der oben schon angedeuteten Stelle aus »Max und Moritz«:

Max und Moritz, diese beiden [a]
Mochten ihn darum nicht leiden. [a]
Denn wer böse Streiche macht, [b]
Gibt nicht auf den Lehrer acht. [b]

Die hier erkennbare Wiederholung einer Lauteinheit am Ende der nächsten Zeile (aabbcc ...) wird als Paarreim bezeichnet. Feste Begriffe gibt es für die folgenden Reimschemata:

Infobox: Reime

Paarreim	aabb ...
Kreuzreim	abab cdcd ...
Blockreim oder umarmender Reim	abba cddc ...
Schweifreim	aab ccb ...
Reimhäufung	aaaa ...
unterbrochener Reim	axax bxbx ...
Kettenreim	aba bcb cdc ...

Man unterscheidet reine Reime, in denen die Schlusssilben tatsächlich gleich lauten (wie im Beispiel aus »Max und Moritz«), von sogenannten unreinen Reimen, wie beispielsweise »Seife« / »Taufe« oder »Geleut« / »Geleit«.

Neben dem Reim stellt auch die Kadenz ein Mittel zur klanglichen Strukturierung eines Gedichts dar. Hier unterscheidet man zwischen der harten (oder männlichen) Kadenz und einer weichen (oder weiblichen) Kadenz. Bei der **harten Kadenz** endet der Vers auf einer betonten Silbe, bei der **weichen Kadenz** auf einer unbetonten.

Infobox: Kadenz

Weiche/weibliche Kadenz	Versende auf **unbetonter** Silbe (x́x)	»Max und Moritz, diese beíden«
Harte/männliche Kadenz	Versende auf **betonter** Silbe (x́)	»Denn wer böse Streiche mácht«

Strophe

Eines der Strukturierungsmittel, die auch optisch sofort ins Auge fallen, ist die Gliederung von Gedichten in **Strophen**. Strophen bestehen in der Regel aus mehreren Versen und sind durch eine Leerzeile voneinander entfernt. Strophen werden in Abhängigkeit von der Zahl der Verse benannt:

Infobox: Strophe

2 Verse	**Duett**
3 Verse	**Terzett**
4 Verse	**Quartett**
5 Verse	**Quintett**
6 Verse	**Sextett**
7 Verse	**Septett**
8 Verse	**Oktett**

Besteht eine Strophe aus mehr als acht Versen, so gibt man ihr in der Regel keinen Namen mehr, sondern erklärt, dass sie eben aus 10 oder 13 (oder wie viele es jeweils sind) Versen besteht.

Nur am Rande sei hier auf die **Odenstrophe** hingewiesen. Dabei handelt es sich um eine aus der Antike stammende Strophenform, für die sehr strenge Regeln gelten. Odenstrophen sind immer vierzeilig und reimlos und folgen einem festen, aber nicht ganz einfach zu erkennenden Schema für die Verteilung der betonten und unbetonten Silben. Optisch zu erkennen sind Odenstrophen oft daran, dass die unteren Verse eingerückt werden. Tatsächlich ist die genaue Erfassung der verschiedenen Formen der Odenstrophe für die Interpretationsarbeit in der Schule sehr aufwendig und wird darum selbst im Unterricht der Oberstufe nur selten zum Thema.[7] Dennoch ist es grundsätzlich wichtig, Odenstrophen zu erkennen, weil immerhin zwei der bedeutendsten deutschsprachigen Lyriker des 18. Jahrhunderts, Klopstock und Friedrich Hölderlin (1770–1843), viele sehr anspruchsvolle Oden gedichtet haben. Selbst wenn man der Kunstfertigkeit dieser Gedichte in der Schule nicht ganz gerecht werden kann, sollte man die komplizierte Verteilung von Jambus, Anapäst, Trochäus und Daktylus in den verschiedenen Formen der Odenstrophe nicht mit freien Rhythmen, also mit dem Fehlen einer metrischen Struktur, verwechseln. Am Beispiel einer Strophe aus Klopstocks Ode »Der Zürchersee« ist das kompliziert Regelmäßige der Form knapp zu erläutern.

Áber sű̃ßer ist nóch, schő̃ner und reízender,
Ín dem Árme des Freúnds wíssen ein Freúnd zu sein!
Só das Lében geníeßen,
Nícht unwű̃rdig der Éwigkeít!

7 Eine prägnante Darstellung verschiedener Formen der Odenstrophe bieten Kristin Felsner, Holger Helbig und Therese Manz in: »Arbeitsbuch Lyrik«, Berlin 2012, S. 105–111.

Deutlich ist hier, dass kein durchgehendes Metrum vorliegt, also nicht etwa eine Folge von Trochäen oder Daktylen, und die Verse auch unterschiedlich lang sind. Auch ohne eine genaue Kenntnis der Regeln für den Bau der Odenstrophe sollte einem Interpreten jedoch auffallen, dass die ersten beiden Verse metrisch einem zwar komplizierten, aber gleichen Muster folgen: Für die Forschung ist hier relativ klar, dass Klopstock auf ein etabliertes antikes Metrum zurückgreift, nämlich das sogenannte »vierte asklepiadeische Versmaß«. Demzufolge sind die betonten und unbetonten Silben nach folgendem Schema verteilt:

x́x x́xx x́ | x́xx x́xx
x́x x́xx x́ | x́xx x́xx
x́x x́xx x́x
x́x x́xx x́x x́

Festzuhalten ist also, dass alle Verse mit einem Trochäus beginnen, worauf immer ein Daktylus folgt. In den ersten beiden Strophen folgt dann eine betonte einzelne Silbe, darauf eine Zäsur und nach der Zäsur zwei weitere Daktylen. Die beiden kürzeren Verse beginnen mit einem Trochäus, auf den ein Daktylus und ein Trochäus folgen. Im letzten Vers dieser Strophenform schließt sich daran eine einzelne betonte Silbe an. Weiter soll das Thema hier nicht entfaltet werden. Wichtig ist festzuhalten, dass auch kompliziertere Regelmäßigkeiten als Regelmäßigkeiten zu erkennen und eben nicht als Unordnung zu betrachten sind.

3.3 Lyrische Gattungen bzw. Gedichtformen

Nicht nur Verse und Strophen haben bestimmte standardisierte Formen. Schematisierte Erwartungen gibt es auch für ganze Gedichte, sogenannte **Gattungen**[8] oder **Gedichtformen**: In der Unterstufe machen die meisten Schüler die Bekanntschaft mit dem japanischen **Haiku**. Aus dem Englischunterricht kennen viele den **Limerick**. Die aus dem Unterricht der 7. oder 8. Klasse bekannte **Ballade** ist ebenso eine lyrische Gattung wie das eher einfach daherkommende **Lied**. Daneben gibt es aber auch Formen, die etwas anspruchsvoller strukturiert sind und darum oft eher in der späten Mittelstufe oder der Oberstufe thematisiert werden. Zu diesen Formen gehören beispielsweise das **Sonett**, die **Elegie** und die **Ode**.

Für die Interpretation ist es wichtig, diese Formen zu identifizieren. Wer ein Sonett interpretiert und dabei nicht erwähnt, dass es sich um ein Sonett handelt, hat etwas versäumt. Jenseits dieser bloßen Zuordnung ist das Erkennen der Form auch deshalb wichtig, weil Gattungen mit bestimmten konventionellen Erwartungen des Lesers verbunden sind. Diese Konventionen sollte man kennen, weil man nur so erkennen kann, ob und in welcher Weise der Autor im je vorliegenden Gedicht mit den Erwartungen des Lesers spielt, wo er Erwartungen erfüllt und wo er möglicherweise auch davon abweicht. Die Gattungen haben hier grundsätzlich eine ähnliche Funktion wie die unterschiedlichen Sendeformate im Fernsehen. Wer einen Vorabendkrimi schaut, erwartet bestimmte Figuren und ein vorsichtig dosiertes Maß an Gewalt. Liebe kommt in der Regel am Rande vor, ein blutiges Gemetzel ist dagegen nicht zu erwarten.

8 Als »Gattung« wird außerdem auch der dazugehörige Oberbegriff, **Lyrik**, bezeichnet. Die anderen Gattungen in diesem Sinne sind **Epik** (dazu gehört etwa der Roman) und **Dramatik** (dazu zählen Tragödie und Komödie).

In einer Telenovela geht es dagegen immer um ein wenig romantische Liebe, daneben um kleine Tragödien des Alltags, aber eben nicht um Gewaltverbrechen oder Katastrophenszenarien wie Hochhausbrände oder Lawinenunglücke. An jedes Format knüpfen sich bestimmte Erwartungen über Aufbau und Inhalt und das emotionale Engagement der Zuschauer. Ähnlich auch in der Lyrik: Ein Limerick verspricht durch eine originelle Pointe witzig zu sein, ein Haiku regt in der Regel zum Nachdenken über elementare Dinge an, in Liedern geht es zumeist um eher einfach strukturierte Erfahrungen oder Gefühle, aber eben nicht um anspruchsvollere argumentative Erörterungen, wie sie ansatzweise das Sonett, die Elegie oder auch die Ode versprechen. Im Folgenden werden vier lyrische Gattungen, das Sonett, das Lied, die Elegie und die Ode, kurz vorgestellt.

Das Sonett

Das seit der Renaissance beliebte **Sonett** tritt in unterschiedlichen Varianten auf und zeichnet sich zunächst einmal vor allem dadurch aus, dass es genau 14 Verse umfasst. Insbesondere im Barock gab es für das Sonett noch präziser gefasste formale Vorgaben. In der Regel war hier zum einen das Versmaß klar bestimmt: Ein ordentliches Sonett bestand aus Alexandrinern, also aus sechshebigen Jamben mit einer Zäsur in der Mitte. Zum anderen gab es klare Erwartungen an die Strophenform: Während Sonette im englischen Barock, bei Shakespeare zum Beispiel, aus drei **Quartetten** und einem abschließenden **Duett** (»heroic couplet«) bestanden, gliederten sich deutsche Sonette im 17. Jahrhundert in zwei **Quartette** und zwei **Terzette**. Thematisch geht es im Sonett zumindest vordergründig häufig um die Liebe, wobei oft ein liebendes Ich direkt mit dem oder der Geliebten spricht und es von seiner Liebe (oder einer anderen Idee) zu überzeugen versucht. Dieser appellative Aspekt geht in vielen Sonetten mit einer deutlichen argumentativen Textstruktur und damit auch einer rationalen Orientierung einher: Das lyrische Ich versucht ein Du von etwas zu überzeugen und nennt Argumente. Gryphius' »An Eugenien« (1663) ist dafür ein gutes Beispiel:

XLII.

Gleich als ein Wandersmann / dafern die trübe Nacht / [a]
Mit dicker Finsternis / Luft / Erd / und See verdecket / [b]
Betrübt irr't hin und her / und mit viel Furcht erschrecket / [b]
Nicht weiß wohin er geht / noch was er lässt und macht: [a]

So eben ist's mit mir: doch wenn der Mond erwacht [a]
Und seiner Strahlen Kerz im Wolkenhaus anstecket; [b]
Bald find't er Weg' und Rat: so wird mein Geist erwecket; [b]
Nun mich der neue Trost aus eurem Brief anlacht. [a]

Doch / warum heißt ihr mich dies schöne Pfand verbrennen? [c]
Wollt ihr in meiner Nacht mich bei der Glut erkennen? [c]
Dies / meines Herzens Feu'r entdeckt ja wer ich sei. [d]

Soll Schönste / dies Papier nur meine Brust berühren: [e]
So wird es alsobald in Aschen sich verlieren / [e]
Wo von der Flamm' es nicht wird durch mein Weinen frei. [d]

Typische formale Aspekte dieser Gedichtform sind das Versmaß und die Strophenform. Beim Versmaß handelt es sich um den Alexandriner, einen sechshebigen Jambus mit einer rhythmischen Zäsur in der Mitte der Verse. Charakteristisch ist zudem die Gliederung der Strophen in zwei Quartette und zwei

Terzette. Dabei handelt es sich nicht bloß um eine grafische Gliederung, sondern auch um eine syntaktische: jede Strophe besteht typischerweise aus einem Satz. Wiederholt wird nicht nur das Reim**schema** (zwei umarmende Reime in den Quartetten, zwei Schweifreime in den Terzetten), sondern es kehren auch die Reime selbst wieder, nach dem Muster abba abba (statt: abba cddc) in den Quartetten und am Ende der beiden Terzette (»sei«, »frei«).

Diese formale Gliederung unterstreicht die **argumentative** Gliederung auf einer ersten inhaltlichen Ebene: Die beiden Quartette sind als **Problem** (Verwirrung des lyrischen Ich) in der ersten Strophe und **Lösung** (Aufhellung der Welt durch den Brief der Geliebten) in der zweiten Strophe aufeinander bezogen. Der Hinweis auf die Verwirrung in der Welt ist ein gängiges Bild der Zeit, ein Topos (d. h. ein Gemeinplatz, eine verbreitete Vorstellung).

Die beiden Terzette stellen eine Infragestellung der Aufforderung dar, den Brief zu verbrennen. Auch in den beiden Schlussstrophen ist das Gedicht mit der Spanne zwischen **Problem** (Aufforderung) und **Konsequenzen** (Leiden des Ich: brennendes Herz und Tränen) vor allem argumentativ strukturiert. Syntaktisch wird diese Spanne durch den Kontrast zwischen den Fragen im ersten Terzett und den Antworten und Thesen in der letzten Strophe unterstrichen. Die beiden Terzette verweisen mit ihrer Feuermetaphorik aber auch auf eine zweite argumentative Ebene: vom Ende aus gesehen, geht es nicht mehr darum, dass der Brief dem Sprecher zur Orientierung dient. Von hier aus betrachtet zeigt sich das ganze Gedicht eher als Bekenntnis einer leidenschaftlichen Liebe: Wenn der Brief seine Brust (mit dem metonymischen[9], hier: körperli-

9 Zur Metonymie siehe Kap. 3.6.

chen, Bezug zum Herzen) berühre, so werde er unmittelbar in Flammen aufgehen, weil das Herz in der Brust vor Liebe brenne. Das Verbrennen des Briefes bezeugt einerseits die Intensität der Liebe, wird aber zu einem weiteren Leiden des Sprechers führen, metonymisch angedeutet durch die Tränen, die den brennenden Brief nicht werden löschen können, da sie allenfalls auf die Asche fallen. Obwohl wir sowohl das Thema Liebe als auch das lyrische Sprechen aus unserer heutigen Sicht eher mit der Artikulation von Gefühlen verbinden, steht in Gryphius' Sonett, und das ist durchaus typisch für die Gattung, eine **rationale Argumentation** im Mittelpunkt des Textes: »Ich liebe so, denn …« und »wie sehr ich leide, erkennt man daran, dass …«. Gefühle werden zum Thema, ihre Erwähnung ist aber streng eingebunden in die Argumentation.

Das Lied

Das **Lied** verweist auf den Ursprung der lyrischen Dichtung, die in der Antike zur Lyra, einem Saiteninstrument, gesungen wurde. Auch in der Frühen Neuzeit war das gesungene Lied, insbesondere das Kirchenlied, eine der produktivsten Gattungen der Dichtung. Spätestens seit der romantischen Vorliebe für das Lied als Gedichtform werden Lieder aber nicht mehr hauptsächlich für den Gesang entworfen, sondern als zu **lesende** Gedichte. Hier ist das Einfache des gesungenen Liedes nicht mehr tatsächlich einfach, sondern ein bewusst entworfenes Kompositionsmerkmal. Das vermeintlich anspruchslose Lied wird vor allem in der Romantik zum Medium für eine nur scheinbar naive Infragestellung intellektueller Reflektiertheit. Die formalen Regeln für das Lied sind lange nicht so streng wie beim Sonett oder einigen anderen Gattungen. Typische Merkmale sind kurze Verse mit zwei bis drei Hebungen sowie stilistisch der Verzicht auf eine anspruchsvolle Wortwahl und einen komplexen Satzbau. Auch inhaltlich geht es zumeist um einfache Themen wie die Darstellung von Erfahrungen oder die Artikulation von Gefühlen. Die intellektuelle Argumentation ist dem Lied dagegen eher fremd.

Diese besonderen Merkmale des Liedes fallen besonders dort ins Auge, wo sie unmittelbar neben komplizierter gebauten lyrischen Formen stehen, so beispielsweise in Goethes »Faust«. Während der gelehrte Faust und der gewitzte Mephistopheles ihre Weltsicht fast durchweg in anspruchsvolle Verse kleiden, nutzt die noch junge und wenig gebildete Margarete das einfache Lied, um ihre Sorgen in Worte zu fassen: »Meine Ruh' ist hin / Mein Herz ist schwer; / Ich finde sie nimmer / und nimmermehr«, heißt es da denkbar schlicht und klar (V. 3374–77).

Das Tagelied

Eine besondere Form des Liedes ist das sogenannte **Tagelied**. Dabei handelt es sich um eine Gedichtform, die sich im Mittelalter großer Beliebtheit erfreute, aber auch bis in die Gegenwart hinein immer wieder aufgegriffen und variiert wird. Zentrales Kennzeichen ist hier, anders als im Sonett oder der Elegie, ein **inhaltliches** Charakteristikum: Im Tagelied klagt ein Liebender (in der Regel ein Mann) darüber, dass er nach einer gemeinsamen Nacht mit der Geliebten aufbrechen muss. Dies geschieht vor dem Hintergrund, dass das nächtliche Beisammensein eigentlich nicht hätte stattfinden dürfen, weil beide entweder noch nicht – oder nicht miteinander – verheiratet sind. Sie können ihre Liebe also nur nachts im Geheimen leben. Im Mittelalter wird die Trennungssituation oft als **Dialog** zwischen ihm und ihr gestaltet. In der Neuzeit kommt ein solcher Dialog kaum noch vor. Sehr unterschiedliche Beispiele seit dem

Barock sind etwa »Halt, du schöner Morgenstern« von Philipp von Zesen (1619–1689), »Entdeckung an einer jungen Frau« von Bertolt Brecht (1898–1956) und das »Liebesgedicht« von Karl Krolow (1915–1999).

Die Ode

Zur Ode wurde weiter oben bereits kurz festgehalten, dass sie aus streng reglementierten Strophen gebaut ist, die in der Regel einem relativ komplizierten metrischen Muster folgen (vgl. Kap. 3.1). Freilich gibt es seit der Jahrhundertwende um 1800 auch Oden, die metrisch einfacher strukturiert sind, wie etwa Schillers »Ode an die Freude« (»Freude schöner Götterfunken ...«), die konstant dem Muster eines vierhebigen Trochäus folgt. Als inhaltliches Merkmal der Ode kann gelten, dass sie oft als Anrufung einer Gottheit oder eines gottgleichen Wesens gestaltet ist. In der erwähnten Ode Schillers »an die Freude« wird die Freude selbst als quasi göttliches Wesen angeredet: »wir betreten feuertrunken / Himmlische, **dein** Heiligtum« (Hervorhebung R. K.). Oft wird diese Anrede ergänzt durch ein vorgestelltes »O« wie in Klopstocks Ode »Die frühen Gräber«: »Willkommen, o silberner Mond«. Oden zeichnen sich also durch eine bestimmte Sprechsituation aus, die dadurch gekennzeichnet ist, dass der Sprecher gewissermaßen von unten nach oben zu einer bewunderten Instanz spricht. Dazu passt, dass Oden traditionell einen hohen, manchmal auch feierlichen Ton anschlagen. Dieser Hintergrund ist darum auch für die Interpretation einiger neuerer Gedichte relevant, weil Oden wegen ihres hohen Tones gerne abgewandelt oder persifliert werden. Diese Umformungen wirken mal eher humorvoll wie beispielsweise die im Internet zu findenden Oden »An die Zigarette«, »An das Bier« usw. Mal wirken die modernen Abwandlungen aber nur auf den ersten Blick komisch und erweisen sich bei genauerer Hinsicht als relativ ernste Feier elementarer Dinge, die das Leben lebenswert machen. Exemplarisch etwa Pablo Nerudas (1904–1973) Oden »An das Fahrrad« oder »An die Zwiebel« (1959, orig. 1954):

Ode an die Zwiebel

Zwiebel,
leuchtende Phiole,
Blütenblatt um Blütenblatt
formte deine Schönheit sich,
kristallene Schuppen
ließen dich schwellen,
und im Verborgenen der dunklen Erde
füllte dein Leib sich an mit Tau. [...]

Die Elegie

Die **Elegie** geht wie die Ode auf antike Vorbilder zurück. Im Altertum und zunächst auch in den frühen deutschen Umsetzungen im 18. Jahrhundert, bei Klopstock zum Beispiel, waren Elegien durch das **Distichon** als auffälliges Versmaß geprägt (vgl. Kap. 3.1). Diese metrisch anspruchsvolle Orientierung an der Antike wurde jedoch seit etwa 1800 zugunsten einer formal offeneren Form aufgegeben. Als Erkennungsmerkmal der Elegie blieb im Wesentlichen ein **inhaltliches** Merkmal: So ist die Elegie geprägt durch das teils melancholische, teils aber auch feierlich vorgetragene Sehnen nach einem erfüllten Leben in der Vergangenheit. In der Regel verbinden Elegien die philosophisch anspruchsvollen Überlegungen über das Wesen von Leben, Menschheit, Welt und Kunst mit einem sehnsuchtsvoll-emotionalen Gestus des Sprechens. In dieser Hinsicht lassen sich auch Gemeinsamkeiten zwischen Hölderlins Elegie »Brot und Wein«, Goethes »Römischen Elegien« und den »Duineser Elegien« von Rainer Maria Rilke (1875–1926) erkennen, die inhaltlich im Detail der Überlegungen wie auch formal nicht viele Parallelen aufweisen. Der textuelle Zusammenhalt der Elegie ist in der Regel **argumentativ** bestimmt, wobei Elegien aber zumeist einen vorsichtig suchenden Gestus der Erörterung aufweisen, der dem Essay nahesteht. Auffällig sind in dieser Hinsicht die vielen Fragezeichen in der erwähnten Elegie Hölderlins, die keine rhetorischen Fragen markieren, sondern auf aufrichtige Unsicherheiten des Sprechers verweisen:

Seliges Griechenland! du Haus der Himmlischen alle,
Also ist wahr, was einst wir in der Jugend gehört?
Festlicher Saal! der Boden ist Meer! und Tische die Berge,
Wahrlich zu einzigem Brauche vor Alters gebaut!
Aber die Thronen, wo? die Tempel, und wo die Gefäße,
Wo mit Nektar gefüllt, Göttern zu Lust der Gesang?
Wo, wo leuchten sie denn, die fernhintreffenden Sprüche?
Delphi schlummert und wo tönet das große Geschick?

Hinsichtlich der starken emotionalen Prägung und der Betonung der suchenden individuellen Selbstvergewisserung des Denkenden weicht die Elegie als Gedichtform deutlich ab von der zielgerichteten, rein rationalen Argumentation, die in der Regel das barocke Sonett kennzeichnet.

3.4 Alliteration und andere Klangmittel

Die vorangegangenen Erläuterungen zum »Lied« und zum »Tagelied« deuteten bereits an, dass der Klang für die Wirkung von Gedichten eine besondere Rolle spielt. Neben den größeren klanglichen Mustern, die das Gedicht insgesamt strukturieren (Metrum, Reim usw.) gibt es auch eine Reihe von weiteren **Klangmitteln**: Muster, die durch Lautwiederholungen in kleineren Einheiten entstehen.

Die **Alliteration** ist ähnlich wie der Reim eine Lautwiederholung, hier aber am Anfang von Worten. Sie wird darum auch Anlautreim genannt. In der Regel findet sich die Wiederholung des Anlauts innerhalb eines einzigen Verses oft sogar in festen Verbindungen (»ganz und gar nicht«) und nicht selten auch in werbenden Slogans (»Mars macht mobil«). Da die Anlaute bei der Alliteration grundsätzlich betont sein müssen, sind Pronomina, viele Konjunktionen und Präpositionen sowie Wörter mit Vorsilben nur selten Bestandteil einer Alliteration. Allerdings würde man die Feststellung, jemand habe sich »endlich entschieden« kaum anders denn als Alliteration begreifen, obwohl die Vorsilbe »ent-« unbetont ist.

Von einer **Assonanz** redet man, wenn nur die Vokale eines Wortes in einem weiteren Wort wiederholt werden, nicht aber die Konsonanten (z. B.: Oma – Sofa; rote Soße). Dies kann im Vers, aber auch – analog zum Reim – am Versende geschehen. Ähnlich die **Konsonanz**, wo Konsonanten v. a. im Anlaut wiederholt werden (»Milch macht müde Männer munter«).

Der Klang eines Verses resultiert also maßgeblich aus einer Häufung oder einem bewussten Wechsel bestimmter **Vokale** oder **Konsonanten**. Der Klang hat zum einen eine musikalische Dimension, die den Rhythmus des Verses prägt, zum anderen hat er als **Lautsymbolik** eine inhaltliche Dimension. Ein klassisches Beispiel für die lautsymbolische Qualität bestimmter Vokale ist der Vers »Ach, es ist so dunkel in des Todes Kammer« von Matthias Claudius (1740–1815). Hier wird die Dunkelheit durch die »dunklen« Vokale unterstrichen. Spräche man stattdessen davon, es sei »finster in des Schnitters Zimmer«, stünde die beschworene Dunkelheit im Kontrast zu den »hell« klingenden Vokalen (und auch zu den »spitzen« Reibelauten wie »s« und Verschlussreibelauten wie »ts«). Ein Beispiel für den rhythmischen Wechsel von hellen und tiefen Vokalen ist der folgende Vers von Andreas Gryphius: »Was gestern war ist hin / was itzt das Glück erhebt; / wird morgen untergehn«. Auch hier haben die Laute einen symbolischen Wert: der stete Wechsel von hellen und dunklen Vokalen reflektiert auf der lautlichen Ebene die zentrale Aussage über die Wechselhaftigkeit des menschlichen Lebens.

Als Beispiel für die musikalisch rhythmisierende Wirkung einer Häufung bestimmter Explosivlaute kann man auf die folgende Zeile aus dem Lied »Presslufthammer B-B-B-Bernhard« der Gruppe Torfrock verweisen: »Ratatazong ratatazong weg ist der Balkon dong«. Die lautmalerische und musikalische Qualität der aggressiven Explosivlaute (»t«, »z«, »g«, »k«, »d«), mit denen hier der Presslufthammer imitiert wird, wäre durch Reibelaute nicht herzustellen. Man vergleiche das Original mit einem analogen Vers, in dem die Explosivlaute durch Reibelaute ersetzt sind (u. a. durch eine eher norddeutsch anmutenden Aussprache der bedeutungstragenden Wörter): »Mamavon, Mamavon, wech is der Salon«. Das Metrum ist gleich, aber es fehlt die Intensität.

3.5 Parallelismus, Chiasmus und andere Satzbaumuster

Wie im Zusammenhang mit dem Thema Rhythmus schon angedeutet (vgl. Kap. 3.1), spielt der Satzbau für die Wirkung eines Gedichts eine große (und oft unterschätzte) Rolle. Erwähnt wurde bereits grundsätzlich die unterschiedliche Wirkung hypotaktischer Sätze (komplexer Satzgefüge, bestehend aus Haupt- und Nebensätzen) und parataktischer Konstruktionen (einer Reihung von Hauptsätzen). Die **Hypotaxe** dominiert oft in argumentativen Gedichten, in denen ein eher ruhiger Sprecher komplexere Gedanken entfaltet. Die **Parataxe** verweist dagegen eher auf Lebendigkeit, Unruhe, die ungeordnete Reihung von sinnlichen Eindrücken oder spontanen Gedanken.

Neben diesen beiden Grundformen des Satzbaus gibt es besondere syntaktische Stilfiguren: Der **Parallelismus** resultiert aus der Wiederholung der gleichen Satzstruktur (bezogen auf die Reihenfolge der Satzglieder): »Du hattest schon drei Stück Kuchen. Ich hatte noch keins.« Wiederholt wird die Struktur Subjekt – Prädikat – Objekt, was hier einen (suggestiven) argumentativen Zweck erfüllt: Die Parallelstruktur betont den Unterschied zwischen »du« und »ich«, die vom Sprecher gefühlte Ungerechtigkeit. Als **Chiasmus** bezeichnet man die Überkreuzstellung der Satzglieder in zwei aufeinanderfolgenden Sätzen: »[…] die Kunst ist lang! / Und kurz ist unser Leben.« (Goethe, »Faust I«, V. 558 f.).[10] In der Regel dient der Chiasmus, so wie in diesem Beispiel, zur Betonung von Gegensätzen.

10 Wagner, den Goethe mit diesen Worten seufzen lässt, zitiert einen Aphorismus, der ursprünglich auf den antiken Arzt und Philosophen Hippokrates zurückgeht und der vom römischen Philosophen Seneca auf eine kurze Sentenz verkürzt wurde, dort allerdings als Parallelismus und nicht als Chiasmus.

3.6 Bildübertragung: Metapher, Metonymie und Co.

Sprachliche Bilder kommen nicht nur in lyrischen Gedichten vor, hier aber oft sehr gehäuft. Zwei Typen von sprachlichen Bildern lassen sich vergleichsweise leicht voneinander unterscheiden: Der erste Typ, das Prinzip von Metapher und Vergleich, beruht auf einer **Ähnlichkeitsbeziehung**; der zweite Typ, die Grundform von Metonymie und Synekdoche, beruht auf einer **Kontaktbeziehung** zwischen zwei Dingen oder Sachverhalten.

Metapher und Vergleich

Eine **Metapher** liegt beispielsweise dann vor, wenn man von einem Händler sagt, er sei ein »ganz gerissener Fuchs«. Damit wird vergleichend eine Ähnlichkeitsbeziehung zwischen dem Händler und dem bei uns verbreiteten Bild eines Fuchses hergestellt. Genauer: Von den verschiedenen Bedeutungselementen, die wir mit dem Fuchs verbinden (Säugetier, Raubtier, klug, hinterlistig, Überträger von Krankheiten, rotbraunes Fell), wird eines ausgewählt, das uns aus Fabeln vertraut ist: das Bild vom Fuchs als gerissenem, manchmal auch heimtückischem Wesen. Und dieses wird auf den Händler »übertragen«, ihm als Eigenschaft zugeschrieben. Um diese Struktur der Bedeutungsübertragung genauer zu fassen, unterscheidet man in der Sprachwissenschaft zwischen einem **Bildspender** (dem Fuchs) und einem **Bildempfänger** (hier dem Händler). Metaphern kommen oft in der Form von Substantiven vor: Er ist ein »Ritter« (benimmt sich also ähnlich höflich und edel), sie eine »kleine Prinzessin« (ist also ähnlich empfindlich und lässt sich ähnlich gerne bedienen). Nicht selten werden sie aber auch in Verben und Adjektiven angedeutet. So können Konflikte zwischen Menschen – wie ein Feuer, dem die Luft fehlt – »schwelen«. Diese metaphorische Vorstellung ist im deutschen Sprachgebrauch weit verbreitet. Metaphern müssen also nicht immer originell oder einfallsreich sein. Spricht man allerdings z. B. von einer »schwelenden Liebe«, verlässt man den Rahmen der konventionellen Rede und prägt eine neue Metapher, die zudem mehrdeutig ist: Deutlich wird durch diese Metapher zum einen, dass diese Liebe nicht leidenschaftlich »lichterloh brennt«, sondern etwas gebremst erscheint. Nebenbei klingt aber zum anderen – durch die gängige Rede von »schwelenden Konflikten« – auch an, dass diese Liebe nicht ganz harmonisch ist. Eine Steigerung dieser Schwierigkeit stellen die sogenannten **absoluten Metaphern** oder auch **Chiffren** dar: Wenn es im Gedicht »Die gestundete Zeit« (1953) von Ingeborg Bachmann (1926–1973) beispielsweise heißt: »Bald mußt du den Schuh schnüren / und die Hunde zurückjagen in die Marschhöfe. / Denn die Eingeweide der Fische / sind kalt geworden im Wind«, stellt der Ausdruck »Schuh schnüren« noch eine gebräuchliche **Metonymie** dar. Es handelt sich hierbei um ein geläufiges Bild für den Aufbruch. Die Frage jedoch, wofür die »Eingeweide der Fische« stehen und warum diese, da »kalt geworden im Wind«, einen Grund für den angedeuteten Aufbruch darstellen, lässt sich nicht einfach beantworten. Hier muss der Interpret neben der **Denotation** (der im Wörterbuch nachschlagbaren Bedeutung) auch der **Konnotation** der Wörter folgen, also der Frage nachgehen, wie die Wörter emotional besetzt sind, welche Gefühle mit ihnen verbunden werden, welche Stimmung sie erzeugen.

Der **Vergleich** ist grundsätzlich ähnlich gebaut wie die Metapher. Hier wird allerdings durch Worte wie »wie« und »als« (als Teil des Komparativs) das Verhältnis zwischen Bildspender und Bildempfänger klar bestimmt. Gleichzeitig wird die Distanz zwischen Spender und Empfänger einer Eigenschaft klarer hervorgehoben. Sagt man, »er kämpfte wie ein Löwe«, wird zum einen der Vergleich betont, gleichzeitig aber auch stärker als bei der Metapher verdeutlicht, dass der Kämpfende kein Löwe ist, sondern nur so stark und leidenschaftlich kämpft, wie man es den afrikanischen Großkatzen allgemein unterstellt.

Metonymie und Synekdoche

Im Unterschied zu Metapher und Vergleich besteht bei Metonymie und Synekdoche keine **Ähnlichkeits-**, sondern eine **Kontaktbeziehung** zwischen zwei Gegenständen oder Sachverhalten.

Wer behauptet, er habe »den ganzen Schiller« gelesen, meint nicht Schiller als Person, sondern das Werk, das er geschaffen hat. Hier steht der Produzent also stellvertretend für das Produkt; es handelt sich um eine **Metonymie**. Eine Ähnlichkeitsbeziehung liegt hier nicht vor, da Schiller mit seinen zwei Ohren, zwei Armen und zwei Beinen ja keine wahrnehmbare Ähnlichkeit zu den von ihm geschriebenen Werken, den Gedichten oder den Büchern, aufweist. Eine Metonymie liegt auch dann vor, wenn – wie im frühen »James Bond«-Film »Goldfinger« – die Gangsterbosse sich über die Anwesenheit ihrer Kollegen beschweren und statt der Namen dieser Gangster nur die Städte und Regionen nennen, in denen diese operieren: »Goldfinger! Warum hat man uns nicht gesagt, dass New York und die Westküste dabei sind? [...] Wir machen kein Geschäft mit Chicago!« Auch hier liegt keine Ähnlichkeits-, sondern eine Kontaktbeziehung vor, nämlich die zwischen Mensch und Wirkungsstätte.

Bei der **Synekdoche** steht ein Teil für ein Ganzes oder umgekehrt ein Ganzes für einen Teil. Die Verwendung der Synekdoche hört man gelegentlich im Krankenhaus, wenn z. B. »der Beinbruch bitte in Kabine 5 kommen soll«, wo ein Teil des Menschen, das gebrochene Bein, für die gewünschte Person steht. Im Alltag reden manche Menschen auch von »Blondinen« und ersetzen damit das Ganze, die Frau, durch die blonden Haare als besonders auffälligen Teil.

Symbol und Allegorie

Die Stilfiguren Symbol und Allegorie sind vergleichsweise komplex. Mit ihnen beschäftigen sich ganze literaturphilosophische Theorien. Beim **Symbol** handelt es sich zunächst einmal – einfach gefasst – um ein konkretes Bild, das für einen abstrakten Sachverhalt steht. So steht beispielsweise das Kreuz als Symbol für die abstrakten Inhalte der christlichen Religion oder das Schwert und die Waage als Symbole für die Gerechtigkeit. Die Verwendungsweise des Symbols ähnelt denen von Metapher und Metonymie. Schwieriger wird die begriffliche Bestimmung des Symbols dadurch, dass hiermit nicht immer nur ein sprachliches Stilmittel gemeint ist. So beziehen insbesondere die Dichter der deutschen Klassik, Goethe und Schiller, den Begriff des Symbols auch auf das dichterische Kunstwerk als Ganzes. Vereinfacht gesagt, ist in diesem Zusammenhang unter Symbol ein (dichterisches) Kunstwerk zu verstehen, das Sinnliches und Gedankliches glücklich verbindet und als Ganzes, als Text oder Werk, auf abstrakte Inhalte verweist. Diese abstrakten Inhalte, die Freiheit z. B.: entziehen sich zwar der direkten Anschauung, können aber durch das geglückte Kunstwerk symbolisch dargestellt und vom Leser intuitiv erfasst werden.

Die **Allegorie** wird als länger entfaltete Metapher verstanden. Ein Beispiel hierfür ist der Beginn eines Tagelieds Philipp von Zesens (1619–1689):

Halt, du schöner Morgenstern,
Bleibe fern!
Und du, güldne Nachtlaterne,
Halt der weißen Pferde Lauf
itzund auf.
Steht ein wenig still, ihr Sterne.

Zesens Gedicht lässt auf eine weitere Dimension der Allegorie schließen: Sie tritt oft in Form einer **Personifikation** auf, d. h. einer Vermenschlichung lebloser Dinge. So wird im angeführten Beispiel der Mond als Adressat personifiziert. Beliebt war im Barock aber auch die allegorische Personifikation abstrakter Inhalte wie Tod, Tugend oder Sünde. Sehr bekannt ist die allegorische Figur der Justitia, die als steinerne Statue viele ältere Gerichtsgebäude ziert. Diese Figur, die als Allegorie für Gerechtigkeit steht, setzt sich wiederum aus zahlreichen Symbolen zusammen, etwa dem Schwert und der Waage, die sie in den Händen hält.

3.7 Anders gesagt als gemeint: Ironie, Sarkasmus und rhetorische Fragen

Oft meint ein Text genau das Gegenteil von dem, was dort im Wortlaut geschrieben steht. Diese uneigentliche Rede, die **Ironie**, ist jedem aus der Alltagskommunikation vertraut: Sie liegt z. B. vor, wenn ein Kind mit einem schmutzigen T-Shirt auf ein Fest gehen will und die Eltern sagen: »Da hast du dich heute aber schick gemacht!« Aufgrund des Kontexts der Situation und der Wertvorstellungen, die allen an der Kommunikation Beteiligten bekannt sind, verstehen die meisten Menschen solche Aussagen problemlos. Die Antwort auf diesen elterlichen Kommentar würde entsprechend auch nicht lauten, »ja, mein Freund Michael findet das Shirt auch total gut«, sondern eher: »ich hab mir schon gedacht, dass ihr da wieder meckert!«

In einem Gedicht ist Ironie allerdings oftmals viel schwieriger zu erkennen. Nicht immer ist für den Interpreten klar entscheidbar, ob hier eine Aussage ironisch oder ernst gemeint ist. Deshalb darf er nie, als ob es sich um einen unstrittigen Sachverhalt handle, einfach feststellen, dass etwas ironisch gemeint sei, sondern muss dies als eine These formulieren, die unter Verweis auf weitere Anhaltspunkte im Text und Hintergrundwissen unbedingt zu begründen ist.

Ein häufiges Indiz für Ironie ist die Verwendung von **Hyperbeln**, die Übertreibung von Aussagen. Eine Hyperbel liegt beispielsweise bei dem Vergleich »Augen, so groß wie Mühlräder« oder auch Adjektiven wie »blitzschnell« oder »todmüde« vor. Ein anderes Anzeichen für Ironie kann die Abweichung von verbreiteten moralischen Normen darstellen. Doch das muss der Interpret sehr genau prüfen, denn es gibt Autoren, die ihre ganz besondere Sicht auf Dinge durchaus ernst meinen und entsprechend vorbringen.

Gleich mehrfach ironisch gebrochen sind die ersten Verse (und der ganze Gestus) eines Gedichts von Robert Gernhardt (1937–2006). Sein Sonett (!) »Materialien zu einer Kritik der bekanntesten Gedichtform italienischen Ursprungs« beginnt mit den Worten: »Sonette find ich so was von beschissen, / so eng, rigide, irgendwie nicht gut«. Ironisch ist hier zum einen natürlich die drastische Kritik am Sonett in Sonettform, was einen Selbstwiderspruch impliziert. Die schnoddrige Vortragsweise legt jedoch nahe, dass zwischen Autor und lyrischem Ich ein kritischer Abstand besteht. In Frage gestellt wird hier also weniger das Sonett als vielmehr das lyrische Ich als Vertreter für eine allzu lässige Kulturkritik, die stilistisch unter der Gürtellinie operiert. Nicht um Kritik am Sonett geht es, vielmehr wird der inhaltsleere Jargon eines eher naiven möchtegernkritischen Milieus persifliert: »allein der Fakt, daß so ein Typ das tut, / kann mir in echt den ganzen Tag versauen. / Ich hab da eine Sperre«. Die mehrfach gebrochene Ironie dient in diesem Gedicht also dazu, sich mit einigem Ernst über Leute lustig zu machen, die selbst nur Phrasen produzieren können, aus diesem »Vermögen« aber das moralische Recht ableiten, ganze kulturelle Traditionen für überflüssig zu erklären.

Ähnlich schwierig wie die Bestimmung von Ironie ist die Identifizierung von **rhetorischen Fragen**. Hierbei handelt es sich um Fragen, auf die keine ernsthafte informative Antwort erwartet wird. Solche Fragen kommen zwar relativ häufig vor, leider aber nicht ganz so oft, wie Schüler es in Interpretationsaufsätzen meinen. Grundsätzlich gilt: auch im Gedicht ist nicht jede Frage eine rhetorische. Oft kommt es vor, dass Fragen durchaus ernst gemeint sind und den Adressaten, das lyrische Du oder den implizitem Leser zur Beantwortung auffordern. Ein Beispiel dafür sind die Fragen im oben zitierten Auszug aus Hölderlins Elegie »Brot und Wein« (»Seliges Griechenland! du Haus der Himmlischen alle, / Also ist wahr, was einst wir in der Jugend gehört?«; vgl. Kap.3.3). Deutlich ist der **rhetorische** Charakter der Frage dagegen in Hoffmann von Hoffmannswaldaus Gedicht »An Albanie«:

Albanie, was quälen wir uns viel
Und züchtigen die Nieren und die Lenden?
Nur frisch gewagt das angenehme Spiel!
Jedwedes Glied ist ja gemacht zum Wenden [...].

Hier wird die »richtige« Antwort gleich mit der Frage mitgeliefert und es wird deutlich, dass die rhetorische Frage einen klaren argumentativen Zweck erfüllt. Sie soll **begründen**, dass es für die Enthaltsamkeit (»züchtigen [...] die Lenden«) einfach kein vernünftiges Argument gibt.

Leichter als die Ironie oder die rhetorische Frage ist in der Regel der **Sarkasmus**, die »böse« Ironie, zu identifizieren. Wenn jemand mit einer Fünf im Aufsatz nach Hause kommt und die Eltern das mit dem Ausruf »Na, super!« kommentieren, dann ist die Sache relativ klar. Doch bei der Interpretation eines Gedichts, über dessen Hintergrund (Autor, Epoche, Kulturkreis) man wenig weiß, kann es auch hier zu Unsicherheiten kommen.

3.8 Logische Irritationen: Paradoxie und Tautologie, Oxymoron und Pleonasmus

Oft befassen sich Gedichte mit Grenzsituationen des menschlichen Lebens (etwa mit Liebe und Tod), die den Anlass für das lyrische Schreiben bilden. Viele dieser Grenzsituationen werden in der komplexen Form eines Gedichts thematisiert, weil sie sich nicht so in Worte fassen lassen, wie etwa der alltägliche Wunsch, dass der Bäcker mir fünf Brötchen verkaufen möge. So liegt beispielsweise der Liebe ein schwieriges Grundparadox zugrunde, nämlich der drängende Wunsch, dass der oder die Geliebte sich mir von sich aus zuwenden solle. Das soll er oder sie aber nicht nur deshalb tun, weil ich es wünsche, sondern weil er oder sie mich von sich aus begehrt. Wäre das nicht der Fall, wäre der oder die andere ja nicht in mich verliebt, sondern nur nett. Er oder sie soll selbst wollen. Solche Strukturen gibt es im menschlichen Leben viele. Entsprechend oft werden in lyrischen Texten Stilmittel herangezogen, die die Regeln der Logik – wie sie uns aus der Alltagskommunikation vertraut sind – verletzen. Im Folgenden werden die wichtigsten dieser Stilmittel erläutert.

Die **Paradoxie** ist eine Aussage, die sich selbst negiert. Beispiele hierfür sind: »Dies ist keine ernst zu nehmende Aussage« oder: »Ich lüge«. Die Aussagen sind also dann wahr, wenn sie unwahr sind – und dann unwahr, wenn sie wahr sind. Die einfachste Form der Paradoxie ist die logische (Un-)Gleichung A ≠ A.

Nah verwandt mit der Paradoxie ist die **Tautologie**, die gewissermaßen eine Null-Aussage darstellt: »Eine Rose ist eine Rose ist eine Rose« (Edith Stein). Die Tautologie folgt der Grundstruktur A = A. Auf den ersten Blick wirkt die Tautologie, was ihre logische Nachvollziehbarkeit anbelangt, weniger problematisch als die Paradoxie. Sie ist jedoch insofern in sich widersprüchlich strukturiert, als Tautologien Aussagen sind, die keine Aussage machen. Ihre sprachliche Form verspricht etwas zu sein, was inhaltlich nicht eingelöst wird.

Nahe verwandt mit diesen logischen Problemfällen sind die rhetorischen Figuren des Oxymorons und des Pleonasmus. Das **Oxymoron** steht der Paradoxie nahe, es besteht aus zwei einander ausschließenden Wörtern, z.B.: »junger Greis«, »rasende Bummelbahn« oder »dummes Genie«. Im Sonett »An Dulkamaren« von Paul Fleming (1609–1640) dient das Oxymoron z. B. dazu, prägnant die Bilanz einer anstrengenden Liebesbeziehung zu ziehen, indem die Geliebte hier als »gehasstes Lieb« und »geliebter Hass« angesprochen wird:

> Wie kann es anders sein? Ich muss zugrunde gehen
> durch dich, gehasstes Lieb, durch dich, geliebter Hass.

Die **Antithese** als Stilmittel kombiniert inhaltlich entgegengesetzte Aussagen: »Der Geist ist willig, das Fleisch ist schwach«.

Im Unterschied zum Oxymoron handelt es sich dabei um ganze Sätze oder Satzteile, die verschiedene Inhalte bezeichnen.

Der **Pleonasmus** ähnelt der Tautologie, insofern hier eine in einem Begriff bereits enthaltene Bestimmung durch ein Attribut noch einmal ›doppelt gemoppelt‹ explizit erwähnt wird. Beispiele sind: »weißer Schimmel«, »schwarzer Rappe« oder »nasser Regen«.

All diese hier aufgeführten rhetorischen Figuren können unterschiedliche Funktionen erfüllen. Zum einen sind sie ein Mittel, um die erwähnten logischen Grenzsituationen des menschlichen Lebens zu thematisieren. Daneben dienen sie aber auch dazu, den Leser zu provozieren oder zu irritieren. Mal soll der Leser hierdurch zum ernsthaften Nachdenken bewegt, mal scherzhaft unterhalten werden.

Infobox: Stilmittel

Klangmittel		
Reim	Wiederholung einer Silbe am Ende von Versen	»[…] beiden / […] leiden.«
Alliteration (die)	Lautwiederholung am Anfang von Wörtern	»Lily liebt Lilien.«
Assonanz (die)	Wiederholung von Vokalen	»Wir holen Omas rotes Sofa.«
Konsonanz (die)	Wiederholung von Konsonanten	»Milch macht müde Männer munter.«
Onomatopöie (die)	Lautmalerei	»Kuckuck«; »er zischt, sie spritzt«

Satzbau, syntaktische Stilmittel		
Parataxe (die)	(meist kurzer) Hauptsatz	»Er sah sie. Er träumte von ihr. Endlich saß sie neben ihm.«
Hypotaxe (die)	(meist komplexeres) Satzgefüge	»Nachdem er sie gesehen hatte, träumte er immer wieder von ihr, bevor sie eines Tages neben ihm saß.«
Parallelismus (der)	Wiederholung eines Satzbaumusters mit anderen Worten	»Mittags essen sie warm. Nachts schlafen sie gut.«
Chiasmus (der)	Überkreuzstellung von Satzgliedern in zwei aufeinanderfolgenden Sätzen	»Mittags essen sie warm. Gut schlafen sie nachts.«
Inversion (die)	Vom gewöhnlichen Satzbau abweichende Anordnung der Satzglieder	»Einschlief er erst, nachdem er ihn getrunken hatte, seinen warmen Kakao.«
Parenthese (die)	Eingliederung einer Aussage in einen Satz	»Ein Versehen war's – so dachte er –, sonst nichts.«
Anapher (die)	Wiederholung eines Wortes oder Satzteils am Anfang von Sätzen oder Versen	»Es war aus, dachte er. Es ließ sich nichts mehr ändern.«
Epipher (die)	Wiederholung eines Wortes oder Satzteils am Ende von Sätzen oder Versen	»Er wurde nicht schlau aus ihr, kam nicht mehr klar mit ihr.«

Ellipse (die)	unvollständiger Satz	»Mit mir nicht!« »Ich nicht!« »Was nun?«
Asyndeton (das)	Häufung von Begriffen ohne Koordination durch anreihende Konjunktionen (und, oder)	»Alles rennt, rettet, flüchtet.«
Polysyndeton (das)	Häufung von anreihenden Konjunktionen	»Er rannte und rannte und rannte.« »Sollte er lachen oder weinen oder schreien?«
Aufzählung	Reihung, Aufzählung	»Er liebt Spaghetti, Pizza und Ravioli.«
Klimax (die)	Reihung mit Steigerung	»Erst war er irritiert, dann wütend, und dann explodierte er.«
Antithese (die)	Gegenüberstellung inhaltlich entgegengesetzter Aussagen	»Der Geist ist willig, das Fleisch ist schwach.«
Hendiadyoin (das)	zwei weitgehend bedeutungsgleiche Wörter in einer oft festliegenden Verbindung, oft kombiniert mit einer Alliteration	»nie und nimmer«; »Feuer und Flamme«
Bildersprache		
Vergleich	Vergleich zweier Dinge unter Zuhilfenahme eines Vergleichswortes (»wie«, »als«)	»Er kämpft wie ein Löwe.« »Sie lief schneller als eine Gazelle.«

Metapher (die)	Vergleich ohne Vergleichswort. Möglich sind Substantive, Verben und Adjektive!	»In dieser Pappschachtel sollen wir die nächsten vier Wochen wohnen?« »Sie hüllte sich in Schweigen.« »Seine einst glühende Liebe war abgekühlt.«
Personifikation (die)	Sonderform der Metapher: Vermenschlichung	»Der gütige Mond leuchtete ihm heim.«
Metonymie (die)	Ersetzung unter Bezug auf Kontaktbeziehungen (Ursache – Wirkung, Werk – Schöpfer, Material – Produkt, Akteur – Wirkungsstätte)	»Er hatte den ganzen Schiller gelesen.« »Moskau ließ erklären, dass man jetzt mit der Geduld am Ende sei. Das Weiße Haus antwortete prompt.«
Synekdoche (die)	Ein Teil steht für das Ganze oder das Ganze für ein Teil	»Die Knubbelnase da vorn sieht uns so komisch an.« »Deutschland ist begeistert.«
Symbol (das)	Ein konkretes Bild steht für einen abstrakten Sachverhalt	»Kreuz» für Christentum, »Waage und Schwert« für Gerechtigkeit, »Herz« für Liebe
Allegorie (die)	entfaltete Metapher, oft unter Verwendung von Personifikationen	»Die Gerechtigkeit trat von einem Fuß auf den anderen: Was sollte sie von diesem Richterspruch halten?«

uneigentliches Sprechen		
Ironie (die)	uneigentliches Sprechen: man meint das Gegenteil von dem, was man sagt	»Schicker Haarschnitt!« als Kommentar zu jemandem, der mit zerzausten Haaren aus der Dusche kommt.
Sarkasmus (der)	»bittere« Ironie	»Na prima!« als elterlicher Kommentar zu einer schlechten Note.
rhetorische Frage	uneigentliche Frage, deren Antwort klar ist	»Willst du heute Abend nichts essen? Also los jetzt, Tisch decken!«
Hyperbel (die)	extreme Übertreibung	»Er aß, bis er platzte.« »Die Mücken fraßen sie schier auf.«
Euphemismus (der)	Ein schöner Ausdruck für etwas Unschönes	»Dahinscheiden« oder »Einschlafen« für »Sterben«

3.9 Wie man zusammenfassend über den Stil spricht

Etwas frustriert stellt der englische Literaturwissenschaftler – und Hochschullehrer! – Terry Eagleton (geb. 1943) fest: »Die meisten Studenten können Dinge sagen wie ›das Mondmotiv wird im dritten Vers erneut aufgenommen, was den Eindruck der Einsamkeit verstärkt‹, aber nur wenige können Dinge sagen wie ›der schneidend-scharfe Ton des Gedichts steht im Kontrast zur ruhig dahintrottenden Syntax‹«. Was hier als Problem anklingt, ist das Reden über sprachlichen Stil.

Der Stil eines Textes resultiert aus dem Zusammenspiel vieler sprachlicher Mittel. Zu beachten sind zum einen die in Kap. 3 erläuterten Stilmittel. Hinzu kommt zum anderen die Wortwahl, genauer: die Frage, auf welchem Niveau bzw. auf welcher Ebene die gewählten Worte angesiedelt sind. Man spricht in diesem Zusammenhang auch von einem stilistischen Register. Hier unterscheidet man traditionell zwischen einer niederen (»Fresse«, »Gaul«), einer mittleren (»Gesicht«, »Pferd«) und einer gehobenen Ebene (»Antlitz«, »Ross«). Bedeutend für die zusammenfassende Einschätzung, wie gesprochen wird, ist also erstens, welcher **Stilebene** die verwendete Sprache angehört.

Doch diese Einschätzung ist nicht allein von der Wortwahl abhängig, hinzu kommen eine ganze Reihe anderer Gesichtspunkte: Entscheidend ist nämlich zweitens, mit welcher **emotionalen Haltung** gesprochen wird. Sprechen kann man beispielsweise ernst, heiter oder albern, grob, emphatisch, traurig, jammernd, enthusiastisch, ekstatisch oder sachlich und nüchtern, feierlich oder neutral, schüchtern oder selbstbewusst, hoffnungsvoll oder resignierend, ängstlich-zurückhaltend oder mutig-auftrumpfend. Wichtig ist an dieser Stelle, dass man die Eigenschaften des Sprechens nicht mit den Charaktereigenschaften des Sprechers gleichsetzt. Ein ängstlicher Sprecher kann mutig sprechen und, anders herum, ein mutiger Sprecher auch verschüchtert reden.

Drittens hängt der stilistische Eindruck davon ab, welches **sprachliche Handeln** im Gedicht dominiert. Wirkt das Gesprochene bittend, flehend, fordernd, belehrend, drohend, auffordernd, (frech) neckend, warnend, werbend oder rühmend?

Dann ist viertens zu berücksichtigen, welcher **sozialen oder beruflichen Sphäre** sich die Sprache zuordnen lässt: Handelt es sich um Jugendsprache (»Das ist ja mal ein fettes Bike«), bildungsbürgerliche Diktion (»Das ästhetisch-philosophische Œuvre Schillers ist gedanklich und sprachlich geprägt von den kritischen Schriften Kants«), Migrantensprache (»Ich bin jetzt Stadt.«) oder etwa um die in Verwaltung und Justiz übliche Ausdrucksweise (»Die Unterzeichnung eines Kaufvertrags setzt das Erreichen der Geschäftsfähigkeit im Sinne des Jugendschutzgesetzes voraus«)? Spezielle sprachliche Gepflogenheiten gibt es in der Technik, in der Wirtschaft, der Politik, der Wissenschaft und vielen anderen Bereichen der Gesellschaft.

Fünftens ist zu beachten, welcher **Zeit**, welcher **Epoche** die Sprache entstammt. Ist sie ganz aktuell (»Citybike«, »Smartphone«), modern (»Fahrrad«, »Telefon«) oder stammt sie aus einer vergangenen Epoche (»Zweirad«, »Fernsprecher«)?

Beachtenswert ist sechstens, wie der Text **klingt**, d.h. der **musikalische Eindruck**. Hört er sich harmonisch, musikalisch oder poetisch an? Ist er regelmäßig, melodisch, ruhig, fließend oder abgehackt, unregelmäßig, ungeformt, hektisch?

Nicht zuletzt ist siebtens auch zu fragen, welche **formalen sprachlichen Eigenschaften** im Gedicht dominieren. Erscheint der Text einfach, schnörkellos, direkt, klar, nüchtern, sachlich? Oder komplex, wirr, chaotisch, kompliziert, differenziert, manieriert, pompös, schwer verständlich, dunkel, hermetisch? Stärker auf einzelne Aspekte eingehend, kann der Stil auch als parataktisch oder hypotaktisch bezeichnet werden, als bilderreich oder bilderlos bzw. direkt, als asyndetisch (mit einer losen Reihung der Elemente) oder streng argumentativ oder narrativ strukturiert.

Infobox: Über den Stil reden

Welche Stilebene ist vorherrschend?	niedere, mittlere, hohe
Mit welcher emotionalen Haltung wird gesprochen?	ernst, heiter, albern, grob, traurig, sachlich, feierlich, selbstbewusst …
Welche sprachliche Handlung liegt vor?	bittend, fordernd, belehrend, rühmend …
Zu welcher sozialen/beruflichen Sphäre gehört die Sprache?	Jugendsprache, bildungsbürgerlich, Migrantensprache, Verwaltungssprache …
Zeit/Epoche der Sprache?	aktuell, modern, altertümlich …
Wie ist der musikalische Eindruck?	harmonisch, poetisch, regelmäßig, ruhig, abgehackt, hektisch …
Welche formalen sprachlichen Eigenschaften dominieren?	einfach, klar, nüchtern, sachlich, komplex, wirr, hermetisch, parataktisch oder hypotaktisch, bilderreich, asyndetisch oder argumentativ oder narrativ …

4. Die Interpretation eines Gedichts aus sich selbst heraus (textimmanent)

Grundlage jeder Gedichtinterpretation bildet die Analyse der in Kap. 3 erläuterten Aspekte. Wer meint, auf diese Analyse verzichten zu können, kann keinem Gedicht gerecht werden. Allerdings: Auch wenn man ein Gedicht noch so gründlich nach diesen Vorgaben untersucht hat, so hat man doch kaum mehr geleistet als die **Vorarbeit** für eine Interpretation. Denn ohne eine Antwort auf die Frage, wie die analysierte sprachliche Form mit dem Inhalt eines Gedichts zusammenwirkt, kurz: ohne Verstehen gibt es keine Interpretation.

Was aber versteht man unter ›**Inhalt**‹? Zunächst einmal ist festzuhalten – und darum werden hier auch Anführungszeichen gesetzt –, dass der Begriff ›Inhalt‹ leicht dazu verleitet, sich falsche Vorstellungen von Sinn und Zweck des Gedichts zu machen: Gedichte sind (wie andere Texte auch) keine Behälter, in die man irgendwelche ›Inhalte‹ füllen könnte, die sie passiv aufnehmen. Ein anderer, wenn auch ungewöhnlicher Vergleich scheint angemessener: Eher als einem Behälter ähneln Gedichte der menschlichen Haut, und zwar insofern, als diese eine Oberfläche darstellt, von der sich deutende Rückschlüsse auf ›Inhalte‹ (den Rest des Körpers) ziehen lassen, da diese mit der Oberfläche einen engen Zusammenhang bilden. Ähnlich wie bei einem Gedicht bedeuten Auffälligkeiten der Haut nicht einfach ganz klar dieses oder jenes, sondern müssen gedeutet werden: Die Rötung der Haut kann etwa auf einen Sonnenbrand hinweisen, auf Fieber oder aber auch auf Scham in einer als peinlich empfundenen Situation. Doch hier enden dann auch schon die Parallelen zwischen Gedicht und Haut. Gedichte sind Aussagen, die aus Zeichen, Wörtern und Sätzen zusammengesetzt sind und mit einer bestimmten kommunikativen Absicht formuliert und in der Regel auch veröffentlicht wurden. Als solche fordern sie Zuhörer oder Leser dazu auf, sich darüber Gedanken zu machen, welche Kommunikationsabsicht hinter der Aussage stehen könnte. Als sehr komprimierte Aussagen steigern Gedichte dabei die Komplexität von Alltagsaussagen noch einmal deutlich. Sie sind – so kann man in Anlehnung an Friedemann Schulz von Thuns (geb. 1944) Modell der **Kommunikation** sagen – nicht wie Alltagsaussagen nur mit vier Ohren zu hören, sondern eher mit fünf.

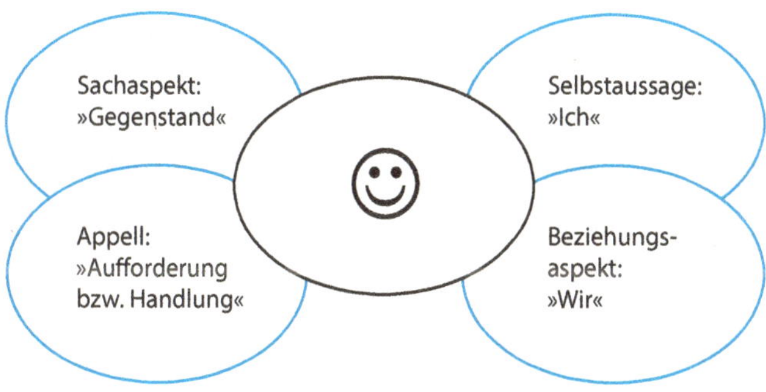

Abb. 1: Vier Aspekte der Kommunikation nach Schulz von Thun

Folgt man Schulz von Thun, so ist jede Aussage, so kurz sie auch sei, erstens als **Selbstaussage** des Sprechers zu verstehen, zweitens als Aussage über die Beziehung zwischen Sprecher und Adressat (**Beziehungsaspekt**), drittens als Sachaussage über einen Gegenstand (**Sachaspekt**) und viertens als **Appell**, als Aussage, die den Adressaten zu einer Handlung bewegen soll.

Ein Beispiel soll diese vier Aspekte der Kommunikation verdeutlichen: Der Satz »Hau ab!« verweist unter dem Aspekt der **Selbstaussage** z. B. auf Wut, Entschiedenheit, schlechtes Benehmen, Verzweiflung etc.; unter dem **Beziehungsaspekt** ist es einerseits ein Distanzsignal, verweist andererseits aber auf mögliche Gleichheit und Vertrautheit (durch das implizierte Du). Als **Appell** handelt es sich um eine deutliche Aufforderung, sich zu entfernen. Und unter dem **Sachaspekt** verweist diese Aufforderung darauf, dass augenblicklich eine zu große Nähe herrscht und mehr Distanz möglich und sinnvoll wäre.

Gut erkennbar werden die vier Aspekte der Kommunikation, wenn man sich mögliche Antworten auf diese Aufforderung überlegt: Wer die Selbstaussage hört, könnte antworten »Reg dich mal ab!« oder »Schlaf dich erst mal aus!«. Auf der Beziehungsebene könnte man antworten »Wer glaubst du eigentlich, wer du bist? Bin ich dein Dackel?« Hört man den Appell, kann man antworten: »Mach ich gleich, aber erst mal …«. Und auf der Ebene der Sachaussage könnte man nachfragen, ob man bloß jetzt den Raum verlassen und ob man sich am nächsten Tag noch einmal melden solle.

Diese etwas allgemeinen und abstrakten Überlegungen lassen sich beispielhaft anhand des Gedichts »Winternacht« von Joseph von Eichendorff (1788–1857) aus dem Jahr 1819 erläutern und für die Gedichtinterpretation weiterentwickeln.

Winternacht

Verschneit liegt rings die ganze Welt,
Ich hab nichts, was mich freuet,
Verlassen steht der Baum im Feld,
Hat längst sein Laub verstreuet.

Der Wind nur geht bei stiller Nacht
Und rüttelt an dem Baume,
Da rührt er seinen Wipfel sacht
Und redet wie im Traume.

Er träumt von künft'ger Frühlingszeit,
Von Grün und Quellenrauschen,
Wo er im neuen Blütenkleid
Zu Gottes Lob wird rauschen.

Eichendorffs Gedicht bildet den Bezugstext für die Ausführungen in den folgenden Abschnitten des Kap. 4, in denen es zunächst um die Interpretation eines Gedichts **aus sich selbst heraus**, also weitgehend ohne Kontextbezüge, gehen soll, indem die Kommunikationsstruktur des Gedichtes als solchem untersucht wird. Die Kontextbezüge werden als weitere Dimension in Kap. 5 beleuchtet.

4.1 Der ›Inhalt‹: Thema und Aussage

Bei der Kommunikation im Alltag, hiervon geht man jedenfalls im Allgemeinen aus, steht zumeist eine bestimmte Sachaussage im Zentrum (die anderen Aspekte der Kommunikation scheinen meist weniger dominant). Diese Dimension ist in der Alltagskommunikation in der Regel relativ einfach zu fassen; bei der Analyse eines Gedichts stellt dies dagegen eine anspruchsvolle Aufgabe dar, wie hier am Beispiel von Eichendorffs »Winternacht« sichtbar wird.

Im Folgenden werden vor allem vier Herausforderungen vorgestellt, durch die die Sachaussage eines Gedichts besonders schwer zu fassen ist. Da ist zunächst das Problem der **symboli-**

schen Rede: Oft verweist die lyrische Rede über Gegenstände nicht nur auf diese Gegenstände, sondern sie beziehen sich im **übertragenen Sinne** auf allgemeine Probleme (z. B. die Vergänglichkeit, das Wesen der Geschichte, Möglichkeiten des guten Lebens). Zweitens zeigt sich im Gedicht in besonderer Weise die Schwierigkeit, dass einzelne Aussagen nicht um ihrer selbst willen zu verstehen sind, sondern als Moment der Komposition, als Element eines Textes, eines literarischen Kunstwerks. Drittens zeichnen sich Gedichte grundsätzlich durch eine Verdoppelung der Sprechsituation aus: Gegenstand der Rede ist nie nur ein **Gegenstand**, eine »Sache«, sondern immer das **Reden über** einen Gegenstand. Gesprochen wird also über eine Sache als Gegenstand, und gleichzeitig wird als Gegenstand gezeigt, wie über die Sache gesprochen wird. Ein Gedicht über die Liebe oder eines über die Natur ist nie nur eine Aussage über die Liebe oder die Natur, sondern immer auch – und vor allem – als **Rede** (über diese Themen) ein Gegenstand, der beansprucht, gedeutet und verstanden zu werden. Womit viertens zusammenhängt, dass ein Gedicht nie nur ein Mittel zur Thematisierung irgendeines Gegenstands ist, sondern immer auch der **Gegenstand selbst**, um den es geht. Diese vier Schwierigkeiten beim Verständnis der Sachaussage von Gedichten werden im Folgenden am Beispiel des eben zitierten Eichendorff-Gedichts erläutert und illustriert.

Das Thema, um das es in Eichendorffs Gedicht geht – das ist relativ offenkundig –, ist zunächst die nächtliche Erfahrung einer winterlichen Landschaft. Auffällig sind einzelne optische Eindrücke (»verschneit«, »Baum im Feld«) und auch akustische Wahrnehmungen (»rührt [...] redet«, »rauschen«). Zu diesen sinnlichen Wahrnehmungen kommt etwa ab der Mitte des Gedichts die vom Sprecher imaginierte Vorstellung hinzu, dass der einsam in der Winterlandschaft stehende Baum vom wieder erwachenden Leben im Frühling »träumt«. So weit, so einfach oder sogar: so banal. Wäre das alles, so könnte man sich mit Heinrich Heine (1797–1856) darüber lustig machen, dass Menschen und somit auch manche Dichter mit dem Wechsel von Tages- und Jahreszeiten tiefe Gefühle verbinden. In seinem Gedicht »Ein Fräulein stand am Meere« heißt es in sarkastischem Ton: »Das Fräulein stand am Meere / Und seufzte lang und bang, / Es rührte sie so sehre / Der Sonnenuntergang. // Mein Fräulein! sein Sie munter, / Das ist ein altes Stück; / Hier vorne geht sie unter / Und kehrt von hinten zurück.«

Die von Heine verspottete Gefühlsduselei angesichts von Naturvorgängen ist Eichendorffs Gedicht jedoch nicht vorzuwerfen, denn tatsächlich ist die Sachaussage von »Winternacht« komplexer strukturiert, und zwar in zweierlei Hinsicht: Zum einen verweisen verschiedene Schlüsselworte (»die ganze Welt«, »nichts«, »künft'ger«, »Gottes Lob«) darauf, dass es hier nicht allein um den Wechsel der Jahreszeiten geht, sondern auch um ein metaphysisches Problem.[11] So bietet das Bild von der Winternacht den Ausgangspunkt, um ein Geschichtsbild und die darin anklingende Hoffnung auf die Erlösung der Welt zu thematisieren. Zum anderen ist die Frage, die man sich bei jeder Gedichtinterpretation stellen sollte, nämlich auf welche Weise die verschiedenen Eindrücke zu einem **Text** zusammengefügt werden, in Hinblick auf Eichendorffs Gedicht besonders interessant.

11 Die Metaphysik ist eine Teildisziplin der Philosophie, die sich mit dem Ganzen der vom Menschen wahrnehmbaren Welt beschäftigt, mit der Welt als Welt und deren Grenzen. Dazu gehört zum einen die Frage, ob es ein Jenseits dieser Welt gibt (ein göttliches Reich beispielsweise), und zum anderen die utopische Überlegung, wie die Welt, die wir kennen, aussähe, wenn sie von allem Bösen und Schlechten erlöst, wenn sie ganz anders wäre.

Die metaphysischen Momente in Eichendorffs »Winternacht«

Diese philosophischen Momente sind, wenn man nicht ein wenig Hintergrundwissen über die Epoche der Romantik (ca. 1795–1835) mitbringt, zugegebenermaßen nicht ganz leicht zu erkennen. Entsprechend zeigen sich hier schon Grenzen einer Deutung des Gedichts ganz aus sich heraus. Was man allerdings tatsächlich schon beim Blick auf die Sprache allein erkennen kann, sind in diesem Zusammenhang die **absoluten**, die aufs **Ganze** zielenden Ausdrücke in Eichendorffs »Winternacht«: Es ist hier eben nicht nur die Landschaft, die verschneit ist, sondern gleich »die ganze Welt« und es ist nicht nur »wenig«, was den Sprecher »freuet«, sondern gleich schlicht und absolut »nichts«. Solche Details sollte man nicht als nebensächliche Kleinigkeit abtun und übergehen. Gedichte sind in der Regel relativ kurze Texte, die fast immer bis ins Detail bewusst gestaltet sind. Wer ein Gedicht interpretiert, kann grundsätzlich unterstellen, dass sich der Dichter auch den Sinn kleiner Details überlegt hat. Und selbst wenn nicht, ist es Aufgabe des Interpreten, klar zu sagen, was diese Kleinigkeiten gegebenenfalls zur Bedeutung des Gedichts beitragen.

Mit etwas Wissen über die Epoche kann man in unserem Fall sagen, dass die Vorstellung von einer umfassenden Erlösung der Welt, oft verwoben mit der christlich-religiösen Vorstellung vom Anbruch eines himmlischen Zeitalters, ein verbreitetes Motiv der romantischen Dichtung und Philosophie darstellt. Hintergrund dieser Haltung ist die Erfahrung der Zeitgenossen, dass ihre Lebenswelt im Vergleich zu früheren Epochen in viele Einzelteile zerfallen zu sein scheint: sozial in Schichten und Gruppen, weltanschaulich in verschiedene Konfessionen und religionskritische Bewegungen. Die Bindungen zwischen den Menschen in der Familie, im überschaubaren Leben von Handwerksbetrieb, Dorf und Kirche lösten sich zunehmend auf. Nachdem die Aufklärung des 18. Jahrhunderts noch eine mit den Mitteln der Vernunft herstellbare bessere Welt versprochen hatte, nahmen die Romantiker die aufgeklärte Welt nicht als eine bessere, sondern als eine banalere und kältere wahr. Insofern ist auch die Klage über die »Winternacht« in Eichendorffs Gedicht mehrdeutig und keinesfalls nur eine Klage über Schnee und frostige Temperaturen.

Die Hoffnung auf Erlösung richtete sich in der Romantik vielfach – und das klingt auch in Eichendorffs Gedicht an –, auf eine zukünftige Zeit. Allerdings handelte es sich dabei um die Vorstellung einer Zukunft als Wiederkehr der Vergangenheit. Die Hoffnung zielte auf die künftige Wiederkehr einer (vermeintlich) guten alten Zeit, in der jeder Mensch noch wusste, wo er selbst und die Dinge hingehören. Man sehnte sich nach einer durch klare religiöse Vorstellungen geregelte Welt, wo nicht nur ein Baum »Zu Gottes Lob wird rauschen«, sondern auch die Menschen im Einklang mit sich und ihrem Gott ihr Leben meistern. Es ist die Hoffnung auf eine Erlösung wie in den von vielen Romantikern geliebten Märchen, in denen es eine gute Zeit am Anfang gibt, dann eine durch Fluch oder Hexerei herbeigeführte Verschlechterung der Verhältnisse (»Dornröschen«, »Schneewittchen«, »Jorinde und Joringel«) und dann eine Erlösung, die darin besteht, dass der böse Zauber aufgehoben wird und alles wieder so wird »wie einst«.

Es geht an dieser Stelle nicht darum, Eichendorffs »Winternacht« vollständig zu interpretieren oder literaturhistorisch einzuordnen. Vielmehr dient dieses Beispiel dazu, die Mehrdeutigkeit vieler Gedichte als allgemeines Problem zu demonstrieren: So werden in der Lyrik zwar oft in ernster Absicht Naturphänomene (der Mond, die Jahreszeiten, der Wald, das Meer usw.) und die damit verbundenen Gefühle und Erfahrungen (die Sehnsucht, die Erfahrung von Weite, Freude an Farben usw.) thematisiert. Häufig geht es dabei aber nicht nur um die Natur als solche, vielmehr dient diese als Symbol für ganz andere Themenfelder und Probleme. Mal geht es wie bei Eichendorff um metaphysische Fragen von Welt und Welterlösung, und mal geht es – dies vor allem bei den Klassikern – um die Frage, was den Menschen zum Menschen macht: um das Verhältnis von Körper und Geist, und von Natur und Kultur. In anderen Epochen, insbesondere im Modernismus zwischen 1890 bis 1930 und dann in der Lyrik seit 1945, stehen eher Auflösungsängste und Entgrenzungssehnsüchte (»Einssein mit der Natur«) hinter der Rede von Naturerfahrungen. Der jeweilige Kontext ist folglich genau zu beachten, um zu einer angemessenen Deutung zu gelangen.

Die strukturelle Vernetzung der Aussagen in Eichendorffs »Winternacht«

Für die inhaltliche Erschließung von Gedichten ist die Einsicht entscheidend, dass der Inhalt nicht aus isolierten Momenten besteht, sondern als **Text** eine Verkettung miteinander vernetzter Aussagen darstellt. Der Inhalt eines Textes kann wie folgt strukturiert sein: **deskriptiv** als Beschreibung, **erörternd** als Argumentation oder **narrativ** als Erzählung. **Narrative Texte** zeichnen sich (einfach gefasst) dadurch aus, dass sie Ereignisse in einer zeitlichen Reihenfolge, in der Regel in Form einer Geschichte mit Anfang, Verlauf und Schluss, wiedergeben. **Argumentierende Texte** enthalten explizit oder implizit eine These (Behauptung), die durch Argumente gestützt wird. **Beschreibende Texte** schließlich thematisieren einen Gegenstand, indem sie diesen mit bestimmten Eigenschaften (Attributen) verbinden.

Oft, und so auch in Eichendorffs Gedicht, kommen alle drei textuellen Grundformen in einem Text vor und ergänzen sich. Vordergründig erscheint das Gedicht »Mondnacht« vor allem **deskriptiv** strukturiert: es wird eine Landschaft **beschrieben**, dann die Empfindungen des Sprechers in dieser Landschaft und schließlich das, was – seiner Einbildung zufolge – im träumenden Baum vor sich geht. Betont wird diese deskriptive Dimension durch den Gebrauch des Präsens als der Zeitform, die für beschreibende Texte typisch ist. Allerdings deutet sich hier auch eine **narrative** Dimension an: die anfänglich beschriebene Landschaft verändert sich. Wir haben es mit einem problrmatischen **Ausgangszustand** zu tun und dann einer **Veränderung**, in der der Baum, so sieht es der Sprecher des Gedichts, langsam zu leben anfängt. Und schließlich wird dieses Erwachen imaginär fortgeführt hin zur utopischen Erlösungsvorstellung als ›Happy End‹. Damit erscheint das Gedicht als narrative Darstellung einer ganzen Geschichte: Wir erkennen am Anfang eine Mangelsituation, die durch frostige Leblosigkeit gekennzeichnet ist, dann tritt eine Veränderung ein, die überleitet zur Vorstellung eines guten Endes.

Schließlich lässt sich das Ganze aber auch – vor allem vor dem Hintergrund der oben skizzierten romantischen Weltanschauung – als **argumentativer** Text lesen, als Text, der ausgeht von der **These**, dass die Welt insgesamt – so wie im Winter – kalt, leblos und erlösungsbedürftig ist, dass es jedoch Grund zur Hoffnung gibt. Denn wenn der Zustand der Welt der Leblosigkeit des Winters gleicht, dann gibt es ja, so der Analogieschluss als **Argument**, nach allgemein geteilter Erfahrung irgendwann einen Frühling, in dem das Leben wiederkehrt.

Fiktionalität: Die zwei Sprechinstanzen eines Gedichts

Ein dritter Aspekt, der die inhaltliche Erschließung des Gedichts erschwert, ist die Fiktionalität **der Sprechsituation**. Es ist ja nicht der Autor, der spricht, sondern ein Sprecher, den der Autor sprechen **lässt** (»Ich hab nichts, was mich freuet«). Der Gegenstand, von dem die Rede ist (eine Winternacht zum Beispiel), ist also nur zum Teil der Gegenstand. Was im Gedicht als Gegenstand abgebildet wird, ist in aller Regel die **Relation** zwischen einem Sprecher und einem Gegenstand (z. B. das Leiden eines Sprechers beim Anblick einer nächtlichen Winterlandschaft). Wir sehen also nicht einfach ein Objekt, z. B. einen Baum im Schnee, sondern der Gegenstand, von dem das Gedicht handelt, ist das Dual von Subjekt und Objekt, von Sprecher und Baum im Schnee, und die Beziehung zwischen den beiden (vgl. Abb. 2). Dieses Thema wird unten, Kap. 4.3, weiter entfaltet.

1. Wahrnehmung:

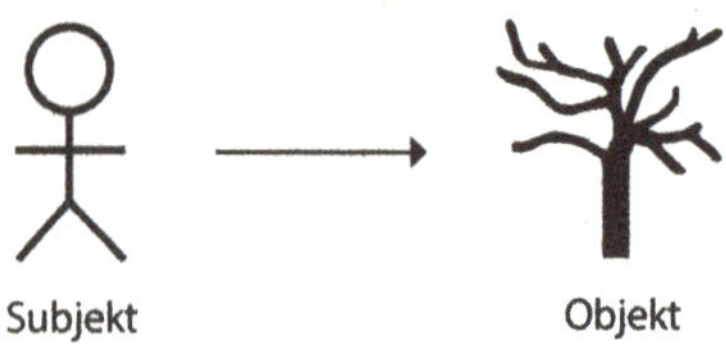

2. Lyrische Vergegenständlichung der Wahrnehmung:

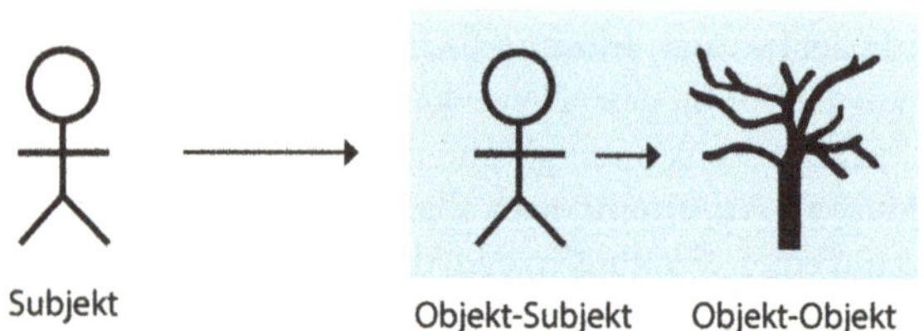

Form und Inhalt: Das Gedicht als Kunstwerk

Eine vierte Schwierigkeit, und damit soll diese Liste abgeschlossen sein, besteht darin, dass der Inhalt von Gedichten nicht als Füllung eines Behälters zu verstehen ist. Als wesentlicher »Inhalt« gilt im Gedicht – ähnlich wie bei einer teuren Vase – die Form selbst. Wenn man literarische **Kunstwerke** verstehen will, ist also nicht allein die Frage interessant, wie der Gegenstand durch irgendwelche Worte gewissermaßen »eingepackt« wird. Immer ist vielmehr auch die umgekehrte Perspektive von Bedeutung: dass nämlich eine bestimmte Sache nur darum als Thema eines Gedichts gewählt wird, um ein interessantes Gedicht zu formen. So wie man am Anfang eines Krimis eine Leiche benötigt, damit man einen rätselhaften Fall hat, den man im Laufe der Geschichte aufklären kann, gibt es auch Gegenstände der lyrischen Dichtung, die darum zum Thema werden, weil sie ein Anlass sind, auf eine bestimmte Art zu sprechen. So dient die Thematisierung von Liebeserfahrungen oft als Mittel, um sehr bewegt und emotional zu sprechen. Und auch die Darstellung einer Wasserleiche im Gedicht »Kleine Aster« (1912) von Gottfried Benn z. B. ist kein Selbstzweck, sondern kann als Anlass für eine sarkastisch nüchterne Sprechweise gedeutet werden: »Ein ersoffener Bierfahrer wurde auf den Tisch gestemmt. / Irgendeiner hatte ihm eine dunkelhellila Aster / zwischen die Zähne geklemmt.« Die Sache also, um die es im Gedicht geht, ist immer auch das Gedicht selbst, die interessante Form, eine originelle Weise, über etwas zu reden. Dieser Aspekt wird unten in einem eigenen Kapitel (Kap. 4.6) weiter entfaltet.

Abb. 2: Die zwei Sprechinstanzen eines Gedichts

Merkbox: Sachaspekt des Gedichts

Der **Sachaspekt** im Gedicht erscheint zunächst als Aussage über einen Gegenstand. Mit diesem Gegenstand wird in der Regel ein Thema angesprochen, das als Text entfaltet wird. Diese Entfaltung kann beschreibend sein, gestaltet sich aber zumeist argumentativ (als Folge von Thesen und Argumenten) oder narrativ (als Abfolge von Ereignissen).

Der Sachaspekt eines Gedichts ist vor allem aus vier Gründen schwer zu fassen:

1. wegen der symbolischen Bedeutung von Aussagen oder erwähnten Gegenständen: weil Dinge (Bäume, das Meer, Tiere, Sterne etc.) neben der wörtlichen Bedeutung oft auf abstrakte philosophische Begriffe oder Themen verweisen (Hoffnung, Einsamkeit, Geschichte, Liebe, Glück);
2. weil der Sinn von Einzelaussagen oft eng mit dem Textganzen verwoben ist und erst erfasst ist, wenn man seine Funktion für die Komposition des Textes erkennt;
3. wegen der Fiktionalität, der Verdoppelung der Sprechsituation: Gegenstand des Gedichts ist nie allein ein einfaches Objekt, sondern immer die Beziehung zwischen einem Objekt und einem objektivierten Subjekt (dem vom Autor entworfenen Sprecher);
4. weil Gedichte immer als Kunstwerke zu verstehen sind, die vor allem auch sich selbst zum Gegenstand haben. In jedem Gedicht ist das Wie des Sprechens gleichzeitig auch als Gegenstand, als Was des Sprechens, zu verstehen.

4.2 Appell: Lyrik und sprachliches Handeln

Im Alltag werden Reden und Handeln mitunter als Gegensatz betrachtet: »Hör auf zu reden! Tu doch endlich mal was!« Bei genauerer Betrachtung zeigt sich jedoch, dass jedes Sprechen auch ein Handeln ist. Wer redet, tut auch etwas: Er oder sie bittet um etwas, klagt über etwas, beleidigt jemanden oder geht mit einem Versprechen eine Verpflichtung ein. All das hat Folgen, vor denen man sich kaum mit den Worten bewahren kann, man habe doch »bloß« dies oder jenes »gesagt«. Wer's nicht glaubt, denke sich ein fürchterliches Schimpfwort aus, gehe damit zu einem Lehrer und erkläre diesem, er sei ein …! Es wird im Nachhinein nicht viel nützen, wenn man erklärt, man habe doch bloß »gesagt«, Herr Meier sei ein … Herr Meier wird darauf bestehen, dass er beleidigt worden sei.

Aus sprachwissenschaftlicher Perspektive und auch für die praktische Analysearbeit sollte man zwei Aspekte des **sprachlichen Handelns** voneinander unterscheiden: Zum einen das, was Schulz von Thun als »Appell« bezeichnet: die **beabsichtigte Wirkung** des Redens (z. B. dass jemand auf meine Aufforderung hin das Fenster schließt oder mir sagt, wie spät es ist). Und zum anderen die **Benennung der sprachlichen Handlung** selbst, mit der der Appell realisiert wird (in Form einer Bitte, einer Aufforderung, eines Befehls, einer Klage usw.). Wer jemanden dazu bringen möchte, ihm die genaue Uhrzeit mitzuteilen, hat ja verschiedene Möglichkeiten, dies sprachlich handelnd zu erreichen. Er kann explizit darum bitten, die Uhrzeit zu erfahren; er kann aber auch indirekt dazu auffordern, indem er eine sachliche Frage stellt: »Wissen Sie, wie spät es ist?« oder »Haben Sie eine Uhr?«.

Für die Analyse und Interpretation von Gedichten ist es von großer Wichtigkeit, das im Gedicht vorliegende sprachliche

Handeln genau zu erfassen. Um zu Eichendorffs Gedicht »Winternacht« zurückzukehren: Wer nicht versteht, dass der Sprecher am Beginn des Gedichts über die Leere, Kälte, Leb- und Hoffnungslosigkeit **klagt**, hat nicht nur diesen Teil nicht verstanden. Man kann dann auch kaum verstehen, welchen Sinn die tröstlichen Visionen im weiteren Verlauf des Gedichts haben. Wer die Klage als Klage in einem Interpretationsaufsatz nicht benennt, sondern nur allgemein festhält, dass der Sprecher zunächst »sagt« oder »schreibt«, dass er »nichts hab[e], was [ihn] freu[e]«, der hat den Sinn des Textes allzu ungenau oder gar nicht erfasst.[12]

Auch der appellative Aspekt von Mitteilungen spielt bei der Analyse von Gedichten immer wieder eine bedeutende Rolle. Insbesondere in der Barocklyrik kommt es häufig vor, dass ein männlicher Sprecher mit einer Reihe von Argumenten ein weibliches Gegenüber dazu überreden möchte, sich ihm hinzugeben. Deutlich beispielsweise in einem Gedicht von Christian Hoffmann von Hoffmannswaldau: »Albanie / gebrauche deiner Zeit / Und lass den Liebeslüsten freien Zügel«. Der wahrnehmbare Appell – welcher es auch immer sei – ist in der Analyse festzuhalten. Allerdings gilt hier (ähnlich wie bei der inhaltlichen Erschließung), dass der Appell in Gedichten wie in allen fiktionalen Texten gerahmt oder gedoppelt erscheint. Es ist eben nicht Hoffmann von Hoffmannswaldau selbst, der hier eine »Albanie« anspricht, sondern ein von ihm erfundener Sprecher.

12 Eine hervorragende Darstellung zu diesem Aspekt bietet Heinz Schlaffer, »Geistersprache. Zweck und Mittel der Lyrik«, Stuttgart 2015.

Infobox:	**Wörter zur Benennung sprachlicher Handlungen**
Gut:	klagen, etw. beklagen, jdn. anklagen, sich verteidigen, sich rechtfertigen, etw. preisen, jdn. oder etw. loben, jdn. oder etw. kritisieren, jdn. oder etw. anbeten, jdn. oder etw. rühmen, etw. feiern, jdn. zu etwas stilisieren, jdn. zu etw. auffordern, jdn. um etwas bitten, um jdn. werben, jdn. anflehen, jdm. etw. befehlen, sich zu etw. bekennen, etw. behaupten, etw. begründen, etw. illustrieren, etw. beschreiben, etw. erzählen, ein Gefühl ausdrücken, jdm. provozieren, jdn. verspotten, jdn. verhöhnen, jdn. beschimpfen, jdm. seine Zuneigung zeigen, etw. gestehen, etw. kommentieren, jdm. etw. versprechen, jdn. vor etw. warnen etc.
Schlecht:	sprechen, sagen, schreiben, äußern, reden von

Die sprachlichen Handlungen sind in engem Zusammenhang mit der in Kap. 4.1 angeführten textuellen Struktur des Inhalts zu sehen: Betrachet man die aufgelisteten Sprachhandlungen als repräsentativ für Gedichte, so ist davon auszugehen, dass diese fast immer offen oder unterschwellig einer argumentativen Logik folgen. Wenn der Leser feststellt, dass das lyrische Ich etwas lobt oder etwas kritisiert oder sich zu etwas bekennt, so impliziert dies in der Regel, dass im Gedicht auch eine Art argumentative Begründung für das Lob, die Kritik oder das Bekenntnis gegeben wird. Sehr auffällig ist das etwa in der barocken Liebeslyrik, denn hier wird – was aus heutiger Sicht ungewöhnlich erscheint – die Aufforderung, sich dem Sprecher hinzugeben, mit Argumenten forciert. In dem oben angeführten Gedicht von Hoffmann von Hoffmannswaldau geschieht das beispielsweise durch den Verweis auf das drohende Alter und den baldigen Tod. So heißt es in der Fortsetzung der zitierten

Verse: »Wenn uns der Schnee der Jahre hat beschneit / So schmeckt kein Kuss / der Liebe wahres Siegel«. Aber auch Eichendorffs Gedicht »Winternacht« folgt unterschwellig einer argumentativ-erklärenden Logik: Der fiktive Sprecher **klagt** und **bekennt** seine Hoffnungslosigkeit. Und er **begründet** dies durch den Verweis auf Kälte, Leere und Leblosigkeit der Landschaft. Ebenso **behauptet** er, dass es Anlass zur Hoffnung gibt, indem er auf das schwache Lebenszeichen des sich rührenden Baumes verweist, für ihn ein Indiz, ein Argument, das er in seiner Einbildung zu einem Bild vom erlösten Zustand ausgestaltet.

Merkbox: Sprachliches Handeln

Gedichte sind in mehrfacher Hinsicht als **sprachliches Handeln** zu beschreiben: Zum einen wird sprachliches Handeln in einem Gedicht **abgebildet**, wenn beispielsweise der Sprecher eines Gedichts um seine Geliebte wirbt oder sein Leid klagt. Gleichzeitig ist das **Gedicht selbst** sprachliches Handeln, nämlich in dem Sinn, dass ein Dichter es gedichtet und damit eine primär künstlerische Wirkungsabsicht verfolgt hat. Als Gedicht gestaltet zielt die Klage über verschmähte Liebe nicht auf Mitleid, sondern auf Lob.

4.3 Das lyrische Ich: Was sagt der Sprecher über sich?

Mit allem, was wir sagen, sagen wir immer auch etwas über uns selbst. In Bezug auf Gedichte herrscht die gängige Vorstellung, dass dieser Aspekt, die Selbstaussage, in besonderem Maße relevant sei. Anders als z. B. in Romanen und Dramen, wo man unterstellt, dass es in erster Linie um die Mitteilung einer Geschichte gehe, die man als festen, unabhängigen Gegenstand betrachten und entsprechend auch ohne Kommentar über den Erzähler oder den Autor weitererzählen könne. Beim Gedicht jedoch scheint die subjektive Prägung, die »Selbstaussage« (Schulz von Thun), untrennbar mit dem Gesagten verwoben zu sein. »Die **poetische** Phantasie als dichterische Tätigkeit«, meinte der Philosoph Hegel (1770–1831) in seinen Vorlesungen zur Ästhetik, »stellt uns nicht [...] die **Sache** selbst in ihrer [...] äußeren Realität vor Augen sondern gibt nur eine **innerliche** Anschauung und Empfindung derselben.«[13]

Was ist jedoch genau mit der subjektiven Prägung der lyrischen Dichtung gemeint? Hier stellen sich gleich mehrere Fragen: Zunächst einmal ist zu klären, **wessen** »innerliche Anschauung und Empfindung« im Gedicht präsentiert wird. Die des Autors, wie Hegel wohl meinte? Oder die eines vom Autor konstruierten Sprechers, eines lyrischen Ich, wie man seit Beginn des 20. Jahrhunderts zumeist unterstellt? In welchem Verhältnis stehen Autor und Sprecher, wenn sie nicht miteinander gleichzusetzen sind? Und welche Konsequenzen hat dies für das Verständnis des Gedichts, für den unterstellten Sinn des Textes? Tatsächlich besteht in der Forschung Einigkeit darin,

13 Georg Wilhelm Friedrich Hegel, »Vorlesungen zur Ästhetik. Dritter Teil. Die Poesie«, hrsg. von Rüdiger Bubner, Stuttgart 1971 [u. ö.], S. 200.

dass prinzipiell zwischen Autor und Sprecher eines Gedichts unterschieden werden muss. Die Verwechslung dieser beiden Ebenen wird auch Schülern regelmäßig (und mit einigem Recht) als Fehler angestrichen.

Grundsätzlich kann man nichts falsch machen, wenn man den **Sprecher** des Gedichts »Sprecher« nennt (siehe Kap. 2.2). Gebräuchlich ist auch der Begriff **lyrisches Ich**, allerdings gibt es hier unterschiedliche Auslegungen bzw. einen weiteren und einen engeren Begriff. Der **engen** Auslegung zufolge sollte man von einem lyrischen Ich nur dann reden, wenn der Sprecher durch Personal- oder Possessivpronomina (z. B. »ich«, »mein«, »unser«) explizit als »Ich« im Gedicht thematisiert wird. Der **weiten** Auslegung zufolge ist das lyrische Ich gleichbedeutend mit dem Sprecher eines Gedichts, auch wenn er sich selbst nicht offen thematisiert, wie beispielsweise in Rilkes **Ding-Gedichten** (die Gegenstände, Situationen oder Vorgänge weitgehend ohne subjektive Wertung erfassen wie z. B. in »Der Panther«).[14] Aus zwei Gründen folgt das vorliegende Buch dem weiteren Verständnis. Zum einen ist in jedem Gedicht, selbst in den erwähnten Ding-Gedichten Rilkes, ein sprechendes Ich **implizit** immer präsent. Wo gesprochen wird, spricht **jemand**, und dieser Jemand ist in aller Regel kein »es«, sondern ein sprechendes Wesen, ein Mensch, auf den man in der ersten Person regelkonform mit dem Pronomen »ich« verweist. Bei Rilke z. B. ist die menschlich subjektive Prägung auch deutlich in den offenen oder angedeuteten Wertungen und Emotionen des Sprechens. Zum anderen spricht als praktischer Grund für die weite Verwendung des »lyrischen Ich«, dass man damit ein Synonym für »Sprecher« zur Verfügung hat und entsprechend

14 Vgl. Rainer Maria Rilke, »Der Panther«, in: Heinrich Detering (Hrsg.), »Reclams großes Buch der deutschen Gedichte. Vom Mittelalter bis ins 21. Jahrhundert«, Stuttgart 2013, S. 510 f.

stilistisch etwas abwechseln kann. Wer dann beispielsweise im Gedichtvergleich tatsächlich einmal klar zwischen einem explizit auftretenden und einem nur impliziten lyrischen Ich unterscheiden muss, kann und soll dies natürlich anmerken und analysieren. Das kann man aber auch, wenn man in beiden Fällen von einem »lyrischen Ich« spricht und die unterschiedlichen Erscheinungsformen kommentiert.

Selbst wenn der Sprecher sich als ein »Ich« artikuliert und eine große Ähnlichkeit mit dem Autor aufweist (wie zum Beispiel in den »Sturm und Drang«-Gedichten des jungen Goethe), bleibt er eine rhetorische Konstruktion des Autors. Oder, vom Sprecher aus gedacht: Hinter dem Sprecher steht immer ein Autor als Kompositionsinstanz, die den Sprecher leiden oder sich freuen oder etwas erleben **lässt**. Besser vorstellen lässt sich dieses Verhältnis, wenn man sich den Sprecher eines Gedichts wie eine Figur in einem Theaterstück vorstellt, die der Autor des Dramas mit bestimmten Eigenschaften ausstattet und bestimmte sprachliche Handlungen vollziehen lässt. Es ist offensichtlich, dass der Autor hier beispielsweise nicht selbst klagt, flucht oder tobt, vielmehr **lässt** er klagen, fluchen oder toben.

Diese selbst bei großer Ähnlichkeit fortbestehende Differenz zwischen Dichter und Sprecher lässt sich erfahrbar machen, indem man in den Spiegel blickt oder mit dem Smartphone ein Selfie produziert: Das eigene Selbst spaltet sich dabei auf in einen Betrachter als Subjekt-Ich und ein zum Bild geronnenes Objekt-Ich. Und egal, ob man beim Selfie eine fiese Grimasse macht oder wie beim Passfoto ausdrucksleer in die Linse blickt: was abgebildet wird, ist nicht einfach ein »wahres« Bild, sondern eine Konstruktion, das Ergebnis einer mehr oder minder reflektierten Gestaltung. In diesem Sinne, also unter Berücksichtigung der prinzipiellen Differenz zwischen Bild und

Betrachter, lässt sich auch das lyrische Sprechen als eine Art Spiegelbild begreifen, eines jedoch, das als Bild gestaltet wird. Mit diesem Bild lässt sich experimentieren und so kann es auch dazu dienen, innere Vorgänge des eigenen Selbst (Hoffnungen, Ängste, Aggressionen etc.) künstlerisch als Bild zu gestalten.

Neben der Frage, wessen Erleben im Gedicht zum Thema wird, ist für die praktische Interpretationsarbeit die Frage relevant, welche **Eigenschaften** dem Sprecher im Einzelnen zugeschrieben werden können und wie diese Zuschreibung begründet werden kann. Wenn die subjektive Färbung des Erlebens ein zentraler Aspekt des »Inhalts« eines jeden Gedichts ist, muss der Interpret auch in der Lage sein, zum Aspekt der Selbstaussage differenzierte Aussagen und klare Thesen zu formulieren. So ist in jedem Gedicht zu untersuchen, in welcher Weise sich der Sprecher als Figur darstellt oder als Individuum stilisiert. Hierzu ist eine Differenzierung in Bezug auf den Aspekt der Selbstaussage vorzunehmen: So können sich Selbstaussagen auf zwei ganz unterschiedliche Aspekte des Selbst beziehen, nämlich zum einen auf den **Charakter** und zum anderen auf die momentane **Stimmung**. Ein Sprecher in einem Gedicht kann beispielsweise als lebenslustiger Charakter dargestellt, doch zugleich in einer traurigen Stimmung gezeigt werden. Mehrfach findet sich dies in den Gedichten von Heinrich Heine. Anders als bei Figuren im Drama, die man im Verlauf einer Handlung beobachten kann, um sich ein Bild zu machen, erfordert eine Bestimmung der Charaktereigenschaften und der Stimmung eines Sprechers im Gedicht eine sehr genaue Analyse sprachlicher Feinheiten.

In Bezug auf Eichendorffs Gedicht »Winternacht« lässt sich relativ schnell feststellen, dass sich der Sprecher in den ersten Versen als unglücklich, ja verzweifelt darstellt. Diese Stimmung wird im Gedicht explizit angesprochen. Hieraus lässt sich für den Charakter des Sprechers mit einer gewissen Vorsicht ableiten, dass es sich um eine sensible und reflektierte Figur handeln könnte, die das Leben nicht einfach praktisch bewältigt, sondern sehr grundsätzlich über »die Welt« und das Leben nachdenkt und sich die Leere, die sie dort zu erkennen meint, sehr zu Herzen nimmt. Diese Fähigkeit – und vielleicht auch Neigung – zur philosophischen Reflexion lässt sich auch aus der stark abstrahierenden Wortwahl ablesen (»die Welt« statt »die Landschaft« oder »die Felder«; »nichts« statt »kaum etwas«). Gleichzeitig wird deutlich, dass der Sprecher phantasiebegabt ist und offenbar auch das Selbstbewusstsein hat, diese Phantasie zu artikulieren. Statt einfach zu konstatieren: »Oh, da rührt sich ja doch etwas. Der Baum wackelt ja ein bisschen«, entwickelt er aus der Bewegung des Baumes ein hoffnungsvolles und buntes Bild vom Frühling als Zustand, in dem die Welt wieder erlöst ist. Am Ende ist die Stimmung des Sprechers offenbar wieder hoffnungsvoll. Durch die Analyse sprachlicher Einzelheiten könnten weitere Aspekte herausgearbeitet werden, was hier nicht geschehen soll. Vielmehr ist in diesem Zusammenhang festzuhalten, dass durch die Untersuchung der Eigenschaften des Sprechers sinnvolle Interpretationshypothesen gewonnen werden können, die dann durch Verweise auf textuelle Details argumentativ zu stützen sind.

Wer Schwierigkeiten hat, sich die Eigenschaften des Sprechers zu erschließen, kann auf zwei Hilfsmittel zurückgreifen: Zum einen wird die Vorstellung vom Sprecher sehr viel plastischer, wenn man das zu interpretierende Gedicht **laut liest**. Wenn das – wie in einer Prüfungssituation – nicht möglich ist, kann man sich zumindest überlegen, wie sich ein solcher Vortrag anhören sollte. Stellt man sich den Sprecher leidenschaftlich vor oder nüchtern, heiter oder traurig, selbstbewusst oder schüchtern, alt oder jung, naiv oder klug? Beim lauten Vortrag als Form der gestaltenden Interpretation merkt man relativ gut, ob die Zuschreibung von Eigenschaften passt oder nicht. Und zum anderen macht es die Sache leichter, wenn man einen differenzierten Wortschatz für die Benennung menschlicher Eigenschaften parat hat, wie ihn die folgenden Infoboxen als Anfang einer Sammlung andeuten.

Infobox: Adjektive zur Benennung charakterlicher Eigenschaften

selbstbewusst, schüchtern, gewissenhaft, mütterlich, väterlich, kindlich, (un-)reif, naiv, klug, intelligent, dumm, eingebildet, verklemmt, locker, (un-)verkrampft, leidenschaftlich, kühl, hitzig, phlegmatisch, träge, antriebslos, offen, aufgeschlossen, verschlossen, kreativ, einfallslos, gehemmt, gefühlvoll, zartfühlend, verhärmt, emanzipiert, (un-)konventionell, progressiv, konservativ, kleinkariert, beschränkt, akribisch, mutig, schwach, stark, zuversichtlich, ängstlich, zögerlich, risikofreudig, entschieden, durchtrieben, hinterlistig, verzweifelt, (un-)glücklich, aggressiv, grob, ungehobelt, brutal, feinsinnig, (un-)sensibel, (un-)angepasst, gutmütig, hysterisch, neurotisch, aufbrausend, rücksichtslos, dreist, frech, vorlaut, nachtragend, brav etc.

Infobox: Adjektive zur Benennung der momentanen Stimmung

froh, überschwänglich, begeistert, enthusiastisch, enttäuscht, glücklich, traurig, verzweifelt, hoffnungsfroh, gut/schlecht gelaunt, angespannt, nervös, entspannt, gelöst, gerührt, wütend, heiter, verärgert etc.

Grundsätzlich ist bei der Zuschreibung der Charaktereigenschaften und Stimmungen auf den Sprecher darauf zu achten, dass sich jede Aussage plausibel durch Befunde im Text belegen lässt. Die Grundregel lautet – hier wie bei jedem Aspekt der Interpretation: **Kein Beispiel ohne klare These und keine These ohne Beleg im Text!** Sinnvoll ist deshalb die Arbeit mit folgender Tabelle:

Eigenschaft (These)	**Belege im Text**	**Kommentar zur Wirkung**
traurig	»nichts, was mich freuet« (V. 2)	explizite Selbst-einschätzung des Sprechers
	verlassener Baum (V. 3), dem menschliche Eigenschaften zugeschrieben werden	symbolischer Spiegel des Selbst
hoffnungsvoll	von »künft'ger Frühlingszeit« träumender Baum (V. 9)	symbolischer Spiegel des Selbst
	…	…

Zu beachten sind beim Umgang mit dieser Tabelle zwei Dinge: Zum einen ist es ganz gleichgültig, ob man sich mit der ersten oder zweiten Spalte zuerst beschäftigt. Es gibt Interpreten, denen es leichtfällt, zunächst die Eigenschaften des Sprechers zu benennen. Diese fangen mit der linken Spalte an und machen sich dann auf die Suche nach Belegen im Text. Wer sich mit der Benennung von Eigenschaften schwer tut, kann zunächst Indizien im Text sammeln und dann versuchen, daraus Thesen über den Sprecher abzuleiten. Zum anderen ist unbedingt darauf zu achten, dass ein und dieselbe Textstelle durchaus unterschiedlich gedeutet werden und somit auch als Beleg für unterschiedliche Thesen dienen kann. Menschen – und das gilt auch für Sprecher im Gedicht – können ambivalent erscheinen, gute und schlechte Seiten haben, mutig, gleichzeitig aber auch vorsichtig oder ängstlich wirken. Wenn es Ambivalenzen dieser Art gibt, dann sollte man diese benennen, denn gerade Uneindeutigkeiten machen literarische Texte oft besonders interessant.

!

Merkbox: Selbstaussage des Sprechers

Jeder Sprecher charakterisiert sich selbst durch das, was er sagt: In seltenen Fällen geschieht dies **explizit** durch eine Selbstcharakterisierung. **Implizit** geschieht dies dagegen ständig, nämlich mit allem, was man sagt oder – dort, wo Sprechen erwartet wird – verschweigt, wobei nicht nur das Was, sondern auch das Wie des Sprechens eine entscheidende Rolle spielt. Wie im realen Leben gilt auch für Sprecher in Gedichten, dass man ihnen nur auf der Grundlage von Beobachtungen Eigenschaften **zuschreiben** kann. Es gilt hier, Thesen zu formulieren, und diese durch nachvollziehbare Argumente zu belegen.
In Bezug auf **Sprecher** in Gedichten ist zudem zu beachten, dass diese immer von einem **Autor** zum Sprechen gebracht werden, dass Sprecher also als solche **gestaltet** werden. Ihre Eigenschaften sind Teil der Aussage des Gedichts. Dabei ist zwischen Autor und Sprecher grundsätzlich zu unterscheiden.

4.4 Der Beziehungsaspekt: Nähe und Distanz, Hierarchien

Mit allem, was ich einem Gegenüber sage, teile ich diesem Adressaten auch etwas darüber mit, wie ich die Beziehung zwischen ihm und mir sehe: ob ich ihm nahestehe oder fern und ob ich mich als hierarchisch höher oder niedriger einschätze oder auf der gleichen Ebene. Dieser sogenannte **Beziehungsaspekt** der Kommunikation spielt auch bei der Interpretation von Gedichten eine mal größere und mal geringere Rolle. Sie ist jedoch immer präsent und kommentierungsbedürftig.

Wie bei der Selbstaussage muss man prinzipiell zwei Dimensionen unterscheiden: Einmal erscheint die Beziehungsebene als eine im Gedicht präsente Beziehung zwischen lyrischem Ich und lyrischem Du. Daneben gibt es die Beziehung zwischen Autor und (implizitem, d. h. vom Autor gedachtem) Leser. Außerdem lassen sich menschliche Beziehungen auf (mindestens) zwei Arten beschreiben: zum einen geht es auf einer quasi vertikalen Achse um **Hierarchie** und Gleichheit, um die Frage, wer in der Beziehung höher oder tiefer steht, salopp: um das Verhältnis von Oben und Unten. Wenn der Kommunikationstheoretiker Paul Watzlawick von symmetrischen und asymmetrischen Beziehungen spricht, hat er offenkundig diese vertikale Achse im Sinn. Häufiger Anlass für Reibungen ist das Gefühl, dass man »von oben herab« behandelt oder angesprochen wird oder dass eine Seite die Beziehung dominiert. Daneben kann es vorkommen, dass ein eigentlich angemessener Statusunterschied nicht anerkannt wird. Wer gar nicht versteht, wovon hier die Rede ist, kann ja einmal versuchen, als Schüler seinen Lehrer zu duzen. Sicherlich wird dann das durch Konventionen geregelte Hierarchieverhältnis zwischen Schülern und Lehrern zum Thema werden.

Neben dieser vertikalen Achse der Hierarchie gibt es auch noch eine horizontale Dimension der Beziehung, die das Verhältnis von **Nähe und Distanz** abbildet. Hierhin gehören z. B. Fragen wie: Wer ist wessen beste Freundin? Was bedeutet es für die Beziehung, wenn jemand nicht auf eine SMS oder eine Whatsapp antwortet etc. Auch das Unwohlsein wegen zu großer körperlicher Nähe oder Distanz gehört hierher.

Mit dem Gesagten sollte deutlich werden, dass es bei der Beziehung nicht einfach um das lyrische Du geht, sondern um das, was **zwischen** Ich und Du als **Beziehung** zu beobachten ist. Diese Beziehung spielt mal eine nur geringe, mal aber auch – wie etwa in Liebesgedichten – eine größere Rolle. In vielen Gedichten des Barock wird beispielsweise relativ direkt der Wunsch nach körperlicher Vereinigung artikuliert. Erinnert sei an das oben zitierte Gedicht von Hoffmann von Hoffmannswaldau, wo das Ich seine Geliebte in offenen Worten auffordert, sich ihm hinzugeben: »Albanie [...] lass den Liebeslüsten freien Zügel«. Deutlich und explizit wird hier das Verlangen nach sexueller Nähe zum Ausdruck gebracht. Erwähnenswert ist aber auch, dass in diesem Gedicht die ausführliche Begründung dieses Wunsches ein eher egalitäres Verhältnis zwischen ihm und ihr impliziert: Das Ich spricht weder von »oben herab« mit einem vermeintlich naiven Wesen, noch fleht er »von unten« eine in der Beziehung mächtige Frau an, die ihre Reize nutzt, um ihn zu erniedrigen. Die Anrede richtet sich vielmehr an eine Frau, die offenkundig ernst genommen wird und mit der das Ich auf Augenhöhe über die Beziehung reden kann.

Dass das Miteinander freilich auch sehr viel subtiler thematisiert werden kann, zeigt sich anschaulich in Gustav Falkes (1853–1916) Gedicht »Zwei« aus dem Jahre 1896:

Drüben du, mir deine weiße
Rose übers Wasser zeigend,
Hüben ich, dir meine dunkle
Sehnsüchtig entgegen neigend.

In dem breiten Strome, der uns
Scheidet, zittern unsre blassen
Schatten, die vergebens suchen,
Sich zu finden, sich zu fassen.

Und so stehn wir, unser Stammeln
Stirbt im Wind, im Wellenrauschen,
Und wir können nichts als unsre
Stummen Sehnsuchtswinke tauschen.

Leis, gespenstig, zwischen unsern
Dunklen Ufern schwimmt ein wilder
Schwarzer Schwan, und seltsam schwanken
Unsre blassen Spiegelbilder.

Einerseits geht es hier um das Bekenntnis einer großen leidenschaftlichen Liebe (»meine dunkle Sehnsucht«) mit dem impliziten Wunsch nach größerer Nähe. Andererseits ist es die Klage darüber, dass der Vereinigung ein kaum zu überwindendes Hindernis im Wege steht: ein »breiter Strom«. Die gewünschte Nähe (**sie** zeigt ihr Interesse durch das Hochhalten einer weißen Rose, **er** beugt sich ihr entgegen) gelingt nur symbolisch: statt zu einer tatsächlichen körperlichen Vereinigung kommt es nur zum Zusammentreffen der Schatten auf der Wasseroberfläche. Nicht einmal akustisch kommen beide zueinander, weil der Wind die Stimmen mit sich trägt. Das Bild vom dunklen wilden Schwan in der letzten Strophe schließlich ist mehrdeutig: Auf der einen Seite wird durch das Tier die symbolische Vereinigung der Schatten auf der Wasseroberfläche durchkreuzt, wodurch die »gespenstisch« unwirkliche Nähe zerstört scheint. Auf der anderen Seite trägt der Schwan mit der schwarzen Farbe das Attribut, das der Sprecher vorher mit seiner Leidenschaft (der »dunklen Sehnsucht«) verband. Es bleibt offen, ob der Schwan mit seiner »gespenstischen« Präsenz den letzten Rest der Beziehung zerstört, oder ob hier nicht vielmehr symbolisch eine »wilde« (V. 14) Macht sichtbar wird, die die trennende Individualität von Ich und Du auflöst zugunsten einer intensiven sinnlichen Beziehung. In diesem Sinne wäre der »wilde schwarze Schwan« der Zerstörer der platonischen »blassen« (V. 16) Schein- und Schattenbeziehung und Agent einer leidenschaftlichen Vereinigung.

Die Beziehung zwischen Autor und (implizitem) Leser soll hier nur am Rande angesprochen werden. Sie spielt insofern eine Rolle, als Gedichte, die eine klar didaktische Tendenz haben, den implizierten Leser tendenziell »klein machen«: Sie implizieren ein Gefälle vom Wissenden »oben« zum aufzuklärenden Zuhörer »unten«. Manche Gedichte, etwa diejenigen Brechts, die sprachlich betont einfach gehalten sind, wirken in dieser Hinsicht allerdings ambivalent: Einerseits lässt sich die sprachliche Vereinfachung als Herablassung deuten, als gnädige Geste gegenüber denen, die es nicht besser wissen oder können. Andererseits kann man hier die Tendenz loben, sich intellektueller Überheblichkeit zu enthalten. Aber auch der elitäre Gestus, der in der gewählten Diktion Stefan Georges (1868–1933) anklingt, lässt sich kontrovers diskutieren: Einerseits gibt es Kritiker, die den Gedichten Georges vorwerfen, sie zielten nur auf solche Leser, die ein hohes Maß an Bildung und sprachlicher Sensibilität mitbringen. Andererseits wirken diese Gedichte nicht wie Belehrungen von oben herab, sondern bezeugen deutlich die Hoffnung, von einem Gleichgesinnten auf gleicher – wenn auch sehr hoher – Ebene verstanden zu werden.

Merkbox: Beziehungsaspekt

Mit allem, was man sagt, signalisiert man auch etwas über die Beziehung zum Adressaten; das Gesagte hat immer einen **Beziehungsaspekt**. Das gilt auch für den Sprecher von Gedichten. Besonders deutlich ist dies in Liebesgedichten, wo die Beziehung zum zentralen Thema wird. Prinzipiell haben Beziehungen zwei Dimensionen: Zum einen sind sie (vertikal) durch mehr oder minder große **Hierarchien** bestimmt, durch die Frage, wer oben und wer unten steht oder ob man gleich stark, mächtig oder einflussreich ist. Zum anderen sind Beziehungen durch **Nähe und Distanz** geprägt, durch ein Mehr oder Weniger an Aufmerksamkeit, Intimität, Offenheit, Abstand, Abneigung, Reserve oder gar Feindschaft. Die Analyse der Beziehungsebene des Sprechens ist eng verwoben mit dem Aspekt des Sprechhandelns: Bittet das Ich das Du (von unten nach oben)? Oder schlägt es etwas vor (von Gleich zu Gleich)? Oder befiehlt es etwas (von oben nach unten)?

4.5 Die Form des Gedichts

Eine jede Nachricht habe vier Seiten, so Schulz von Thun. Nachrichten – und das gilt auch für schriftliche Texte – sind also mit vier Ohren zu verstehen. Allerdings: bei genauerer Prüfung ist im Umgang mit Lyrik mehr zu hören, als man mit vier Ohren wahrnehmen kann. Deshalb ist das Modell Schulz von Thuns für die Interpretation literarischer Texte – und besonders für die Deutung von Gedichten – um ein **fünftes Ohr** zu ergänzen. Bei der Erörterung der Sprechhandlungen und auch im Kapitel über die Selbstaussage klang es bereits an: Jenseits der vier Seiten einer jeden Nachricht sind Gedichte immer auch – vielleicht vor allem – als Mitteilungen zu verstehen, denen die **sprachliche Form** wesentlich ist. Die sprachliche Nachricht verweist nicht nur auf vier verschiedene inhaltliche Aspekte, sondern – selbstbezüglich – auch auf **sich selbst als Nachricht.** Es ist diese Form als Form, für die man ein fünftes Ohr benötigt.[15] So interessant ein Gedicht die psychologischen Facetten einer Selbstaussage gestalten kann, so dramatisch es die Spannungen einer Beziehung auszuleuchten vermag, so wirkungsvoll in einigen sprachlichen Handlungen etwa magische Riten tradiert werden und so intensiv uns ein Gedicht vielleicht auch auf der sachlichen Ebene zum Nachdenken anregt: wenn ein Gedicht gelungen ist, dann kulminieren all diese Stärken in einem Gedicht, das noch weiter gehende Ansprüche anmeldet, indem es nämlich als sprachliches Kunstwerk zu überzeugen versucht. Nicht der Sprecher, die Sache, die Beziehung oder ein Appell stehen im Mittelpunkt, sondern der Text als Text, das sprachlich gestaltete Kunstwerk selbst, ist die Botschaft, um die es geht.

15 Der Sprachwissenschaftler Roman Jakobson hatte in einem Kommunikationsmodell, das dem von Schulz von Thun ähnlich ist, neben den fünf Seiten (bei ihm »Funktionen«) einer Nachricht sogar noch eine sechste entdeckt – die Funktion des Kontaktaufnehmens und -haltens selbst (das »Hm, ja« beim Telefonieren beispielsweise). Diese Funktion spielt aber bei der Interpretation lyrischer Gedichte in der Regel keine Rolle. (Roman Jakobson, »Linguistik und Poetik«, in: R. J., »Poetik«, hrsg. von Elmar Holenstein und Tarcisius Schelbert, Frankfurt a. M. 1989, S. 88 ff. [orig. 1960].)

Das fünfte Ohr, das man aktivieren und schulen muss, um die Form eines Gedichts zu erfassen, hat nun allerdings eine doppelte Aufgabe: Zum einen richtet es sich, wie eben angedeutet, auf die **sprachliche Formung**, auf die klangliche und optische Gestalt. Das heißt, zu den vier Facetten des »Inhalts« kommt jetzt noch der Aspekt der sprachlichen Auffälligkeiten: Reime, Alliterationen, sprachliche Bilder, Metrum und Rhythmus, Wiederholungen von Wörtern oder Sätzen und all die anderen Dinge, die in Kap. 3 vorgestellt wurden. Es sind jedoch nicht diese sprachlichen Auffälligkeiten allein, die die Form des Gedichts bestimmen. Eine wichtige Rolle spielt nämlich immer auch die **Formung des Inhalts**, die Gestaltung all dessen, was hier als vierseitiger Inhalt einer jeden Nachricht vorgestellt wurde.[16] Erinnert sei an die These, dass es im Gedicht nicht einfach darum geht, dass jemand über die Vergänglichkeit der Liebe klagt, sondern dass ein Autor einen Sprecher klagen **lässt**. Es handelt sich dabei also um eine bewusste Gestaltung, um eine Konstruktion. Nicht allein im lautlichen Wohlklang eines alternierenden Metrums oder in der Fülle von Alliterationen oder originellen Reimen zeigt sich die Formgebung des Autors, sondern eben auch in der Gestaltung von Sprecher, Beziehung, Sprechhandlung und Sache.

Zusammenfassend sei dazu noch einmal auf Eichendorffs »Winternacht« verwiesen: Bereits bei der Szenerie handelt es sich um eine künstlerische Komposition. Eichendorff positioniert sein lyrisches Ich bewusst in einer verschneiten Land-

16 Form und Inhalt, so lautet die These der Sprachwissenschaftler Louis Hjelmslev und Algirdas Greimas, sind in sprachlichen Nachrichten immer gedoppelt relevant: Einmal gibt es Form und Substanz der sprachlichen Zeichen, der Signifikanten. Und dann gibt es auch Form und Substanz des Bezeichneten, der »Inhalte«, auf die die sprachlichen Zeichen verweisen.

schaft und lässt es dort leiden. Dieses Setting ist vermutlich auf ein Erlebnis, eine Erfahrung zurückzuführen. Doch vor allem dient es bei der Gestaltung des Textes zum Aufbau der Spannung zwischen Verzweiflung und aufkeimender Hoffnung, einer Spannung, die maßgeblich den Reiz des Gedichts ausmacht. Stünde der Sprecher in einer mittelmäßig lieblichen Sommerlandschaft, könnte diese Sehnsucht gar nicht artikuliert werden. Geformt sind auch die Eigenschaften des Sprechers, die seine Reaktion auf die Winterlandschaft prägen: Ein einfacher Bauer der damaligen Zeit hätte vielleicht einmal laut über die Kälte geflucht, um sich wieder in seine Hütte zurückzuziehen. Eichendorff stellt jedoch einen sensiblen und zutiefst unglücklichen Mann in die Landschaft, in dessen Verzweiflung am Anfang und den hoffnungsvollen Bildern am Ende die ganze romantische Geschichtsphilosophie anklingt. Und auch das sprachliche Handeln, die Klage über Leere und Leblosigkeit der Welt und die imaginäre Ausgestaltung der Utopie vom erlösten Zustand im Einklang mit Gott, sind nicht unmittelbar nur als solche relevant. Ginge es Eichendorff bloß um ein weltanschauliches Statement, hätte er statt eines Gedichts einen Essay oder ein Manifest schreiben können. Man mag die Vision vom erlösten Zustand sympathisch finden oder sogar selbst Hoffnung daraus schöpfen. Auch darum geht es aber wieder nur zum Teil. Ebenso wie die anderen Facetten des »Inhalts« dienen vielmehr auch die sprachlichen Handlungen, die Kritik an der »Kälte« der Gegenwart und das visionäre Ersehnen eines besseren Zustands, als Material für die Komposition. Die Bilder von Winter und Frühling produzieren eine Spannung zwischen der leblosen Gegenwart und der imaginär greifbaren Zukunft, eine Spannung, die zwar auch als solche relevant ist, die aber vor allem ein Mittel darstellt, um das Gedicht als Gedicht interessant zu machen. Aufschlussreich ist, wie bereits erwähnt, immer die

Überlegung, welche Antwort der Leser wohl auf dieses Gedicht geben sollte. Ginge es primär um die von Eichendorff aufgerufenen Inhalte – sieht man also von der Form ab –, wäre eine angemessene Reaktion eine Bestätigung: »Ja, so ist es«, oder aber auch ein kritischer Widerspruch: »Im Winter mag die Landschaft zwar finster und leer aussehen, aber die aufgeklärte Welt als solche ist doch gar nicht so tot und öde.« Eine angemessene Reaktion auf das **Gedicht** wäre das aber nicht. Diese müsste – mit dem fünften Ohr – die Frage beantworten, wie die verschiedenen Seiten des Inhalts mit denen der sprachlichen Form zusammenpassen, wie der Autor die Aufgabe gelöst hat, ein interessantes Gedicht zu schreiben, eines also, das nicht nur etwas Neues sagt, sondern etwas Neues **auf neue Weise**.

Zu beachten ist hierbei allerdings, dass eine angemessene Reaktion auf ein Gedicht, die das Gedicht **als Gedicht** ernst nimmt, sehr unterschiedlich ausfallen kann, je nachdem aus welcher Perspektive und welchem sozialen Kontext heraus man sich äußert. Als Leser oder Zuhörer bei einer Lesung ist es angemessen, zu loben oder Kritik an der Ausführung zu üben. Ein dichtender Kollege wird ähnlich wie der Leser wertend lesen und Konsequenzen für die eigene Dichtung ziehen, also bestimmte Elemente übernehmen oder sich von diesen abgrenzen. Ein Verleger wiederum wird unter dem Blickwinkel der Verkäuflichkeit eines Gedichtbands ebenfalls sein fünftes Ohr öffnen, um abzuschätzen, ob hier etwas Originelles gesagt wird, was aber in Form und Inhalt auch den Geschmack einer ausreichenden Käuferschaft trifft. Solch ein **wertendes** Verstehen kommt nun allerdings in der Literaturwissenschaft – und daran orientiert sich maßgeblich auch der Literaturunterricht in der Schule – kaum oder gar nicht vor. Hier kommt es darauf an, wertneutral zu **verstehen**, warum und wozu ein Gedicht in einer bestimmten Epoche so und nicht anders verfasst wurde.

Hier wird also erörtert, wie Dichter mit den Mitteln der Dichtung auf ihre Zeit im Allgemeinen und auf die Dichtung der Epoche im Besonderen reagieren und wie und warum sie sich in die Diskussionen bzw. Diskurse der Zeit »einschreiben«. Ohne das riesige Spektrum der literaturwissenschaftlichen Diskussion auch nur annähernd zusammenfassen zu wollen, geht es hier beispielsweise um die Frage, an welchen Vorstellungen von **Individualität** sich ein Dichter reibt: ob und mit welchen möglichen Absichten er im Gedicht ein eher **selbstbeherrschtes** Selbst konstruiert oder eines, das sich einer Situation hingibt und **öffnet**. Oder eines, das sich einsam nach etwas sehnt, im Gegensatz zu der ebenfalls möglichen Form eines Ich, das in Beziehungen eingespannt ist und dort entweder seine Erfüllung findet oder an der Beziehung leidet. Diese Fragen lassen sich vertiefen, indem man die Befunde mit sozialgeschichtlichen Theorien über den Wandel von Individualitätsvorstellungen vergleicht.[17]

Ein ebenfalls immer wiederkehrendes Thema der Dichtung ist die Frage, wie ein Dichter im Medium der literarischen Kunst die **Aufgabe der Dichtung** versteht und begründet. Wie verhält sich das Gedicht gegenüber gesellschaftlichen Trends: Will es als Beitrag zur Aufklärung oder als Aufklärungskritik gelesen werden, will es als Gesellschaftskritik verstanden werden oder ausschließlich als Kunstwerk? Und wenn Letzteres der Fall ist, mit welcher Wirkungsabsicht geschieht das: Soll es als Mittel der Unterhaltung dienen oder als verehrungswürdiges sinnstiftendes Objekt in Zeiten religiöser Krisen oder als Medium zur Verbesserung (durch Erziehung, Bildung, Kultivierung, Verfeinerung, Zivilisierung) der Mensch-

17 Diese Perspektive verfolgt auf eine sehr anschauliche Weise Peter Hühn in seiner »Geschichte der englischen Lyrik«, 2 Bde., Tübingen 1995.

heit? Diesen Fragen lässt sich intensiv nachgehen, indem man das, was das fünfte Ohr im Gedicht hört, mit Diskussionen der philosophischen Ästhetik und kulturgeschichtlichen Untersuchungen über den Wandel der Auffassungen über den Sinn und Unsinn von Kunst und Literatur vergleicht. Dabei kann man dann etwa die Frage erörtern, inwiefern ein Gedicht sich kritisch oder affirmativ gegenüber den zeittypischen Forderungen an Gedichte verhält. So lässt sich z. B. Eichendorffs »Winternacht« vor dem Hintergrund der philosophisch begründeten Ideale der Romantik als kritische Alternative zur zeitgleich sehr einflussreichen Kunsttheorie der deutschen Klassik verstehen. Gleichzeitig nimmt es vor allem im zarten Ton und in der Thematisierung der Natur einige Tendenzen älterer literarischer Strömungen auf, insbesondere der Aufklärung und der Empfindsamkeit.

Merkbox: **Die Form des Gedichts**

!

Im Gedicht kommt es nicht nur deutlicher als in der Alltagskommunikation darauf an, **wie** gesprochen wird. In der Dichtung wird das Wie der Gestaltung der eigentliche Gegenstand des Sprechens. Das **Wie wird zum Was der Kommunikation**. Die literarische **Formung** lässt sich grundsätzlich auf zwei Ebenen des Textes nachweisen: Auffällig sind zum einen die **sprachlich-musikalischen Gestaltungsmittel**: Metrum, Reim, Alliteration usw. Geformt ist zum anderen aber auch der **Inhalt**. So ist die Frage, ob der Autor einen Sprecher eine Geschichte über eine schöne Naturerfahrung erzählen oder aber über eine verlorene Liebe klagen lässt, eine Entscheidung, die die Komposition, die Form bestimmt. Entsprechend gibt es also neben einer sprachlichen Form eine **Form des Inhalts.** Zusammenfassend kann man sagen, dass man für die angemessene Interpretation eines Gedichts nicht nur vier Ohren benötigt wie im Alltag, sondern daneben ein fünftes, das sensibel auf die künstlerische Form der dichterischen Nachricht reagiert.

4.6 Zusammenfassung: Interpretation ohne Kontextbezug

Blickt man auf das Kapitel über die Analyse und das Verstehen von Gedichten mit fünf Ohren zurück, bietet sich für die Interpretation eines Gedichts bereits eine Vielzahl von Möglichkeiten der Hypothesenbildung. Obwohl bei der hier vorgenommenen Untersuchung von Eichendorffs Gedicht schon auf literatur- und kulturgeschichtliches Wissen Bezug genommen wurde, wird deutlich, dass man für viele Deutungsperspektiven kaum geschichtliches Hintergrundwissen benötigt. Mit anderen Worten: Die Verbindung einer gründlichen Analyse eines Gedichts mit der abstrakteren Perspektive eines Kommunikationsmodells liefert die nötige Grundlage für eine sogenannte »textimmanente« Interpretation. Dabei handelt es sich um eine Interpretation, die den Text im Wesentlichen aus sich selbst heraus versteht, ohne also auf kulturelle Kontexte zuzugreifen. Um das an einem Beispiel zu erläutern: Auch wenn es sicherlich gewinnbringend und interessant ist, die Darstellung der Selbstaussage in einem Gedicht in den Kontext der Geschichte von literarischen Selbstdarstellungen zu stellen und vergleichend zu untersuchen – nötig ist das nicht in jedem Fall. So kann man auch ›einfach‹ auf der alleinigen Grundlage des Gedichts herausarbeiten, welche Vorstellung vom Ich, vom Sprecher, der Text nahelegt. Setzt man dieses Bild des lyrischen Ich (Kap. 4.3) in Beziehung zum Stil des Sprechens (Kap. 3) und zu den anderen Aspekten der lyrischen »Nachricht«, dem Gegenstand (dem Sachaspekt, Kap. 4.1), dem sprachlichen Handeln (Kap. 4.2) und der Beziehung zum Du (dem Beziehungsaspekt, Kap. 4.4), dann bietet sich für die Interpretation bereits eine Vielzahl spannender Perspektiven auf einem angemessen hohen Abstraktionsniveau.

Wichtig ist es jedoch, eine solche »textimmanente« Interpretation auch lesenswert zu gestalten. Hierfür bietet sich ein Schema an, das Schülern aus dem Deutschunterricht der Mittelstufe bekannt ist, nämlich das Grundmuster der dialektischen Erörterung: »Einerseits erweckt das Gedicht den Eindruck, dass …, bei genauerer Hinsicht zeigt sich jedoch, dass …«. Dieses dialektische, in Gegensätzen argumentativ abwägende Schema lässt sich anhand einiger Beispiele illustrieren: Die Sesenheimer Gedichte des jungen Goethe erwecken einerseits den Anschein, als seien sie Ausdruck einer spontanen Lebendigkeit; andererseits kann man allein durch eine genaue Analyse der sprachlichen Mittel zeigen, dass und wie dieser Eindruck des Spontanen und Lebendigen kunstvoll mit sprachlichen Mitteln erzeugt wird. In vielen Gedichten der Romantik ist es wiederum der Eindruck der schlichten, vielleicht sogar naiv-ungekünstelten Sprechweise, der im Kontrast zur Rafinesse der Komposition steht. In der Lyrik der Sachlichkeit des frühen 20. Jahrhunderts kann man darauf verweisen, dass hier einerseits eine nüchterne Sachorientierung stark betont wird, dass diese Sachorientierung sich jedoch an einem bis ins Einzelne nachweisbaren poetischen Gestaltungswillen bricht. Auch hier ist das vermeintlich ›Einfache‹ nicht unhinterfragt als solches hinzunehmen, sondern als poetische Konstruktion zu analysieren.

5. Die Interpretation eines Gedichts in Kontextbezügen

Die Interpretation eines Gedichts setzt eine gewisse objektivierende Distanz zum Text voraus, denn wer ein Gedicht interpretieren will, muss Thesen über den Text gewinnen. Diese Distanz lässt sich herstellen, indem man sich zum einen – wie in Kap. 4 gezeigt – an der kommunikativen Funktion der Textelemente orientiert und so das Gedicht aus sich selbst heraus interpretiert, zum anderen aber auch, indem man ein Gedicht als Beitrag zu Diskussionen und Themen der Zeit der Entstehung und Veröffentlichung – und das heißt: in Bezug auf seinen **Kontext** – deutet. Diese Perspektive wird im vorliegenden Kapitel genauer beleuchtet. Hier geht es um die Bedeutung literaturgeschichtlicher Epochen und literarischer Bewegungen für das Verstehen von Gedichten.

5.1 Literaturgeschichtliche Epochen? Eine begriffliche Bestimmung anhand des Barock als Beispiel

Der Bezug auf die **Literaturgeschichte** bereichert die Interpretation. Viele Details versteht man tatsächlich erst, wenn man den Blick auf den historischen Hintergrund eines Gedichts lenkt, es also innerhalb seiner Epoche betrachtet. Der Begriff der **Epoche** ist allerdings nicht unproblematisch: Zum einen sind Anfang und Ende von Epochen nicht so objektiv bestimmbar, wie es beim Blick in literaturgeschichtliche Überblicke scheint. Zum anderen suggeriert der Begriff die irreführende Idee der **Einheit und Gleichheit** von Vorstellungen und Formen innerhalb eines bestimmten Zeitraums.

Der Barock etwa wird relativ unstrittig zeitlich im 17. Jahrhundert verortet, in den südeuropäischen Ländern vor allem in der ersten Hälfte des Jahrhunderts, in Deutschland auch etwas später. Klare Eckdaten lassen sich aber kaum benennen. Was die Einheit der Epoche betrifft, gibt es im Barock einerseits zahlreiche Eigenschaften, die in vielen Gedichten und auch anderen Kunstgattungen nachweisbar sind und somit als charakteristisch gelten dürfen. So ist die Lyrik insgesamt geprägt von der Erfahrung des Dreißigjährigen Krieges (1618–48) und der Thematisierung von Tod und Vergänglichkeit. Typisch ist auch eine im Vergleich zum 18. und 19. Jahrhundert sehr offene Aussprache sexueller Interessen. Und anders als in der Lyrik ab Mitte des 18. Jahrhunderts sind individuelle Erfahrungen und Erlebnisse hier kaum für sich ein Thema. Stattdessen haben die Gedichte des Barock fast immer einen offen **argumentativen Gestus**. Sie sind zwar Reden **über** Gefühle, diese sind jedoch immer eingebunden in den Versuch, einen Adressaten von irgendetwas zu überzeugen. Mit anderen Worten: Barocklyrik ist eine rhetorische Lyrik, die auf die **Beeinflussung** eines Adressaten zielt. Das gilt sowohl für Liebesgedichte, in denen der Sprecher die Geliebte davon überzeugen möchte, dass diese sich ihm besser jetzt als später hingeben solle. Und das gilt gleichermaßen für Gedichte über Tod und Sterblichkeit, in denen unmittelbar philosophisch argumentiert wird, mit Aussagen über den richtigen Weg im Leben. Der argumentierende Gestus fast aller Barockgedichte bildet ebenfalls den Hintergrund für die antithetische Struktur vieler Gedichte und die häufige Verwendung von standardisierten Topoi (allgemein bekannten, immer wieder verwendeten Aussagen und standardisierten Bildern). Die antithetische Betonung von Kontrasten (hell/dunkel, Leben/Tod usw.), oft sogar innerhalb eines Verses, veranschaulicht in argumentierenden Texten die Brisanz des Themas, frei nach dem Motto: zwischen diesen Extremen muss man hindurch, oder: zwischen diesen Alternativen hat man die Wahl. Irritierender als diese antithetische Struktur von Barockgedichten erscheint heutigen Lesern in der Regel deren Bezug auf **Topoi**, auf relativ standardisierte Bilder. Seit Mitte des 18. Jahrhunderts wird es in der Lyrik ja darauf ankommen, die **Einzigartigkeit** individueller Empfindungen in Sprache zu fassen. Entsprechend zielt der Ehrgeiz der Dichter späterer Epochen darauf, das Erlebte in immer neuen Formen und möglichst originellen Bildern zu besingen. Im Barock ist das anders: Hier geht es nicht um Originalität, sondern darum, den Adressaten mit möglichst bekannten, einprägsamen Vorstellungen vom zentralen Anliegen des Gedichts zu überzeugen. Für Barockdichter stellt es deshalb kein Problem dar, dass schöne Frauen mit bekannten Bildern oder Bildelementen charakterisiert werden, die aus der Perspektive des heutigen Lesers »abgedroschen« erscheinen mögen: Immer wieder sind die Lippen der Geliebten in Barockgedichten rot »wie Korallen« und die Haut »weiß wie Schnee«, und die Liebe wird regelmäßig und erwartbar mit einem »Feuer« verglichen, das dem Sprecher »Schmerzen« bereitet.

Trotz dieser Konstanten ist die vermeintliche Einheit der Epoche des Barock sowohl in zeitlicher wie auch in inhaltlicher Hinsicht fragil: In **zeitlicher** Hinsicht existieren zwischen den Epochen relativ fließende Übergänge, was auch auf das Barockzeitalter zutrifft. So kündigte sich etwa die stark religiös argumentierende Tendenz der anspruchsvollen Barockgedichte bereits in vielen Kirchenliedern der Renaissance an. Die Tendenz zur rhetorischen Dichtung wiederum beschränkte sich nicht nur auf die Barockdichtung, sondern prägte noch weite Teile des frühen 18. Jahrhunderts, insbesondere die anakreontische Dichtung des **Rokoko** (die die heiter-sinnliche Lyrik des antiken Dichters Anakreon nachzuahmen versuchte). Die Fixierung von Anfang und Ende einer Epoche ist somit zu einem gewissen Grad immer willkürlich. Epochengrenzen sind deshalb in der Forschung oft umstritten, und es werden alternative Deutungen epochaler Einheiten entwickelt. Der Literaturwissenschaftler Hans-Georg Kemper spricht sich etwa dafür aus, die Vorstellung relativ kleiner Epochen aufzugeben und stattdessen von einer »Makroepoche« der »Frühen Neuzeit« auszugehen, die von 1500 bis 1800 reicht.[18]

Auch in **inhaltlicher** Hinsicht erweisen sich viele Epochen als instabil. So scheinen sie bei genauerer Prüfung in ein komplexes Netz unterschiedlicher Genres, weltanschaulicher Lager und Diskussionslinien zu zerfasern. In diesem Zusammenhang weist Kemper zu Recht darauf hin, dass die deutsche Barocklyrik nicht allein aus der anspruchsvollen Kunstlyrik besteht, die man gemeinhin mit der Epoche gleichsetzt. Vielmehr existiert daneben eine große Zahl an Kirchenliedern, die mit ihrer Funktion im Gottesdienst eine Art Gebrauchslyrik darstelle, die die literarische Kommunikation der Zeit maßgeblich präge.[19] Außerdem erweist sich auch die literarische Höhenkammdichtung des Barock weniger homogen, als es ein oberflächlicher Blick nahelegt. So existiert hier zwar verbreitet die Vorstellung, die Kürze des Lebens sei ein Argument für die Vergeblichkeit (»vanitas«) allen menschlichen Strebens und man müsse darum das Leben in der Gegenwart leben und sich den sinnlichen Neigungen hingeben: »Drumb lass uns jetzt genießen / Der Jugend Frucht / Eh' als wir folgen müssen / Der Jahre Flucht«, dichtet beispielsweise Martin Opitz (1597–1639). Diese Auffassung ist allerdings nur **eine** von mehreren konkurrierenden

18 Hans-Georg Kemper, »Von der Reformation bis zum Sturm und Drang«, Stuttgart 2004 [u. ö.] (Geschichte der deutschen Lyrik, Bd. 2), S. 7.
19 Ebenda, S. 24–35.

Positionen. So zieht etwa Paul Fleming (1609–1640) aus der Feststellung, dass das Leben kurz und die Verhältnisse schwierig sind, einen ganz anderen Schluss, nämlich den, dass man den Widrigkeiten des Lebens durch Selbstbeherrschung und Selbstkontrolle trotzen solle. Und der wohl wichtigste deutschsprachige Barockdichter, Andreas Gryphius (1616–1664), begründet und propagiert in seinen Gedichten einen abweichenden dritten Weg. Für ihn stellt weder die sinnliche Freude in der Gegenwart noch die vernünftige Selbstkontrolle eine gangbare Perspektive dar, weil nämlich dem Menschen die Einsicht in das gute Leben prinzipiell verwehrt sei. Wie es richtig zu machen sei, wisse nur Gott – und der Mensch erst dann, wenn er das weltliche Jammertal verlassen habe. In Gryphius' Sonett »Überschrift an dem Tempel der Sterblichkeit« wird dieser Gedanke deutlich formuliert:

Ihr irrt, indem ihr lebt; die ganz verschränkte Bahn
Lässt keinen richtig gehn. Dies, was ihr wünscht zu finden,
Ist Irrtum; Irrtum ist's, der euch den Sinn kann binden.
Was euer Herz ansteckt, ist nur ein falscher Wahn.

Schaut, Arme, was ihr sucht! Warum so viel getan?
Um dies, was Fleisch und Schweiß und Blut und Gut und Sünden
Und Fall und Weh nicht hält? Wie plötzlich muss verschwinden,
Was diesen, der es hat, setzt in des Todes Kahn.

Ihr irrt, indem ihr schlaft, ihr irrt, indem ihr wachet,
Ihr irrt, indem ihr traurt, ihr irrt, indem ihr lachet,
Indem ihr dies verhöhnt und das für köstlich acht',

Indem ihr Freund als Feind und Feind als Freunde schätzet,
Indem ihr Lust verwerft und Weh vor Wollust setzet,
Bis der gefundne Tod euch frei vom Irren macht.

Die Epoche des Barock, so wird deutlich, ist also keinesfalls als homogene Einheit zu betrachten. Noch deutlicher wird die Problematik des Epochenbegriffs, wenn man sich die Zeit um 1800 ansieht: Hier gibt es mit Klassik und Romantik zwei tonangebende literarische Richtungen, die mehr oder weniger zeitgleich auftreten. Sie lassen sich somit kaum als aufeinanderfolgende literaturgeschichtliche **Epochen** begreifen, sondern eher als parallel auftretende weltanschauliche Bewegungen mit bestimmten Ideen von Wesen und Funktion der Dichtung.

Trotz dieser Problematik des Epochenbegriffs ist der Verweis auf den literaturgeschichtlichen Hintergrund für die Interpretation sehr wichtig. Durch literaturgeschichtliches Wissen gewinnt man eine Vorstellung davon, welche Themen, Probleme und Fragen innerhalb eines bestimmten Zeitraums virulent waren und welche Antworten hierauf gegeben wurden. Beides verhilft der Interpretation zu eben jener Distanz, die nötig ist, um Thesen über den Sinn eines Textes zu bilden, um zu erkennen, zu welchen Fragen und Diskussionen der Text als Antwort und Beitrag zu verstehen ist.

Festzuhalten ist jedoch, dass sich eine gute Interpretation nicht darin erschöpfen darf, im Gedicht einige zeittypische Motive zu identifizieren und das einzelne Werk als Beispiel für das Allgemeine zu deuten. (Frei nach dem Motto: Kennst du ein Barockgedicht, kennst du alle.) Das Wissen um gewisse **allgemeine** Züge der Epoche ist nicht das Ende der Interpretation, sondern allenfalls ein guter Anfang. Es dient dazu, **Erwartungen** zu entwickeln (über typische Themen, Formen und Positionen), was dann hilft, die **besonderen** Züge des einzelnen Textes zu erkennen. Ohne solche Erwartungen kann man sich als Interpret nicht überraschen lassen und das Besondere des einzelnen Textes nicht erkennen. Ein bisschen ist das wie beim Lesen eines Romans, wo man bestimmte Erwartungen über den weiteren Verlauf bilden muss, ohne die sich beim Lesen keine Spannung aufbaut. Beim Gedicht wird Spannung in der Regel nicht innerhalb des Textes selbst erzeugt. Hier muss der Leser auf der Grundlage von ersten Eindrücken am Text sein Vorwissen über die Epoche (Barock?), die Gattung (Sonett?) und den Autor (Gryphius?) aktivieren, um sich von den Besonderheiten des Textes überraschen zu lassen. Gelingt dieser Spannungsaufbau schon beim **Lesen** nicht, hat man dem Leser der eigenen Interpretation kaum etwas Interessantes **mitzuteilen**.

Infobox: Barock	
wichtige Vertreter	• Andreas Gryphius (1616–1664) • Martin Opitz (1597–1639) • Paul Fleming (1609–1640) • Christian Hoffmann von Hoffmannswaldau (1616–1679)
typische Form	• Sonett
inhaltliche Aspekte	• rhetorische Lyrik (Beeinflussung des Lesers) • argumentierend • antithetische Struktur • Standardmotive, z. B. »vanitas«-Motiv

5.2 Anwendung literaturgeschichtlichen Wissens in der erörternden Deutung von Gedichten

Die These, dass literaturhistorische Kontexte für die Interpretation grundsätzlich relevant sind, soll im Folgenden knapp und selektiv am Beispiel einiger Epochen illustriert werden. Dabei soll gezeigt werden, wie die literaturgeschichtliche Einordnung bei der Entwicklung einer dialektisch argumentierenden Interpretation genutzt werden kann. Eine solche Argumentation folgt folgendem Muster: »Das Gedicht vermittelt auf den ersten Blick den Eindruck, dass …; bei genauerer Hinsicht zeigt sich jedoch, dass …«. Besonders hilfreich erscheint diese Grundstruktur bei der Interpretationen von Gedichten der Empfindsamkeit, des Sturm und Drang und der Romantik.

Empfindsamkeit (ca. 1740–1775)

Im Laufe des 18. Jahrhunderts entwickelt sich eine neue Tendenz in der Lyrik, die sich von der rhetorisch-argumentierenden Dichtung des Barock und des Rokoko deutlich entfernt, die Lyrik der **Empfindsamkeit**. Es geht den Dichtern, allen voran Klopstock, nicht mehr primär darum, jemanden von etwas zu überzeugen. Stattdessen stehen individuelle Erlebnisse und das Bekenntnis zu Gefühlen im Mittelpunkt der Dichtung. Während es der älteren Dichtung anzusehen war, dass sie unter Verwendung etablierter rhetorischer Mittel kunstvoll **gemacht** war, betont man jetzt die Natürlichkeit, das Spontane, sowohl auf der Ebene des Dargestellten wie auch auf der der sprachlichen Gestaltung: So steht etwa auf der Ebene des Dargestellten nicht mehr die überzeugende oder werbende **Handlung** des Liebenden im Zentrum, sondern der Zustand des Verliebtseins, das Empfinden und **Erleiden** der Liebe als solcher. Die Liebe erscheint nicht mehr primär als Ergebnis bewusster Handlungen, sondern als etwas, das sich **unwillkürlich** ergibt. Das Gedicht selbst ist seinerseits nicht mehr die begründete Bitte um sexuelles Entgegenkommen, sondern – exemplarisch in einem Gedicht von Johann Heinrich Voß (1751–1826) – die Erinnerung an einen vergleichsweise keuschen Moment erster innig empfundener Nähe, an die Rührung des Liebenden und an den ersten Kuss:

Ich schwieg; das Zittern meiner Hand
Und mein betränter Blick gestand
Dem Mägdlein, was mein Herz empfand.
Sie schwieg,
Und aller Wonn' Erguss
Durchströmt uns beid' im ersten Kuss.

Diese Idealisierung des **Unwillkürlichen** auf der Ebene des Dargestellten korrespondiert mit der für die Empfindsamkeit typischen Vorstellung, dass der Dichter sein Gedicht nicht bewusst konstruiert, sondern beim Schreiben spontan und passiv seiner – möglichst genialen – Eingebung folgt. Das aktive Konstruieren des Textes wird also verleugnet.

Aufgrund dieses Charakteristikums der empfindsamen Dichtung bieten sich zwei Muster für den Argumentationsaufbau einer dialektisch erörternden Interpretation an: Zunächst lässt sich der Widerspruch zwischen der betonten Spontaneität und der sprachlichen Konstruktion, mit der dieser Eindruck erzeugt wird, für die Argumentation nutzen. Die Analyse wird zunächst viele Anhaltspunkte für die Idealisierung von Natürlichkeit und Spontaneität und Unwillkürlichkeit offenlegen. Dieser Eindruck ist festzuhalten und am Text zu belegen. Die Idealisierung des Unwillkürlichen ist jedoch sprachlich konstruiert. Das Spontane ist somit nicht einfach spontan, sondern verdankt sich immer dem aktiven Einsatz rhetorischer Mittel, die diesen Eindruck erzeugen. Der Beleg dieser These ist der zweite Schritt der Argumentation, für den die Interpretation auf die **Analyse** von Sprache und »Inhalt« zurückgreifen kann und muss.

Eine zweite dialektische Grundstruktur der empfindsamen Lyrik besteht oft darin, dass der Sprecher zwar ergriffen von den Gegenständen der Beobachtung schwärmt, etwa der Anmut einer Frau. Nicht selten dient die Rede vom Erlebten jedoch vor allem der Selbststilisierung des Sprechers, der seine eigene Sensibilität feiert. Der Gegenstand des Sprechens ist also oft vor allem eine Art Spiegel, um sich der eigenen Empfindsamkeit zu vergewissern.

Infobox: Empfindsamkeit	
wichtige Vertreter	• Friedrich Gottlieb Klopstock (1724–1803) • Johann Heinrich Voß (1751–1826) • Johann Christian Fürchtegott Gellert (1715–1769)
typische Formen	• Ode • freie Rhythmen
inhaltliche Aspekte	Inszenierung von • individuellen Erlebnissen und Gefühlen • Natürlichkeit und Natur als Gegenstand • Unwillkürlichkeit und Spontaneität

Diese beiden Grundtendenzen erfahren in der kurzen Epoche des Sturm und Drang eine besondere Steigerung.

Sturm und Drang (ca. 1770–1785)

Während das **Drama** der Epoche des **Sturm und Drang** gleich eine Reihe wichtiger Autoren kennt (vor allem Goethe, Schiller und Lenz), ist die **Lyrik** vor allem vom Schaffen des jungen Goethe geprägt. Insbesondere die sogenannten Sesenheimer Gedichte aus Goethes Studienzeit in Straßburg (z. B. »Maifest«, »Willkommen und Abschied«) fehlen in kaum einer Sammlung der deutschen Lyrik und werden oft in der Schule gelesen. Der Dichter wird – ganz im Gegensatz zum Barock etwa – als **Genie** betrachtet, das einmalige, originale Schöpfungen hervorbringt. Die schon in der Empfindsamkeit wahrnehmbare Betonung von Gefühl und Spontaneität erfährt hier eine deutliche Steigerung: Lyrisch gefeiert wird die leidenschaftliche Lebensfreude und der Jubel über das Glück von Liebe und Naturnähe (**Erlebnislyrik**). Gleichzeitig zeigt sich hier noch offenkundiger als in der empfindsamen Dichtung, mit welchen rhetorischen Mitteln der Eindruck des Unwillkürlichen geplant hervorgerufen wird: Typisch sind etwa häufige Ausrufezeichen, kurze Hauptsätze und Ellipsen (unvollständige Sätze), Kraftausdrücke und kurze, meist zwei- bis dreihebige Verse. In der Regel kommt man hier zu einer relativ differenzierten interpretierenden Argumentation, wenn man zunächst festhält, dass und in welcher Form genau die naturnahe Leidenschaftlichkeit und Spontaneität gefeiert wird, um dann im Detail nachzuweisen, welchen sprachlich-kompositorischen Entscheidungen, welchen bewussten Kunstgriffen sich dieser Eindruck verdankt.

Infobox: Sturm und Drang

wichtige Vertreter	• Johann Wolfgang Goethe (1749–1832) • Johann Gottfried Herder (1744–1803) • Gottfried August Bürger (1747–1794)
typische Formen	• Ode • freie Rhythmen • Lied • Ballade
inhaltliche Aspekte	• Erlebnislyrik, seelische Stimmung, starke Gefühle • Natürlichkeit, wilde Natur als Gegenstand • Originalität (Geniekult) • Sprengung gesellschaftlicher Konventionen und Regeln

Die Klassik (ca. 1795–1835)

Um die deutsche Klassik zu verstehen, die vor allem von Goethe und Schiller vertreten wird, sind zwei **politische Ereignisse** zu berücksichtigen: Eine einschneidende Erfahrung war zunächst das blutige Ende der Französischen Revolution (1789–94). Der politisch organisierte Terror ließ die Klassiker daran zweifeln, dass die in ihrer Jugend idealisierte Spontaneität und Natürlichkeit eine tragfähige Orientierung für das individuelle und soziale Leben darstellen könne. Prägend war für Goethe und Schiller außerdem die Konfrontation mit dem aufkommenden deutschen Nationalismus. Die im Zuge dieser politischen Bewegung angestoßene poetische Besinnung auf genuin deutsche Dichtungstraditionen wurde von Schiller und Goethe als borniert abgelehnt.

Ihre Alternative war die Hinwendung zu Ideen und Formen der **griechischen Antike**, womit die kulturelle Selbstbesinnung räumlich und historisch das gesamteuropäische Erbe in den Blick nahm. Inhaltlich orientierten sich Schiller und Goethe in ihrer klassischen Phase am **Ideal eines Humanismus** im Sinne einer harmonischen Synthese von Verstand, Sinnlichkeit, Ästhetik und Moral. Das leitende Motto lautet: »Edel sei der Mensch, hilfreich und gut«. Als vorrangiges Mittel zur Realisierung dieses Ideals wird die Kunst begriffen. Deren Aufgabe soll es sein, Leitbilder des gelungenen Menschseins anschaulich darzustellen. Statt den Menschen jedoch einfach mit einer didaktischen Botschaft zu konfrontieren, soll die Kunst den Menschen durch ihre **sinnliche Dimension** als **ganzen Menschen** erfassen und veredeln. Diese didaktisch-ästhetische Doppelfunktion der Gedichte geht einher mit inhaltlichen und formalen Eigentümlichkeiten: In formaler Hinsicht zeigen sie eine bewusst kunstvolle, strenge Gestaltung, oft angelehnt an antike Formen. Und inhaltlich enthalten sie oft philosophisch ambitionierte Stellungnahmen, die argumentativ entfaltet werden. Anders als im Barock geht es Goethe und Schiller aber immer um die ästhetische Idealisierung individueller Erfahrungen und Gedanken. Im Gedicht abgebildet ist die sehr **persönlich** geprägte und von **Gefühlen** begleitete Suche nach Orientierung und weniger der forsche Versuch, jemanden von etwas zu überzeugen, wie es im Barock üblich war.

Eine Herausforderung ist die Interpretation von Gedichten der Klassik nicht zuletzt durch die Aufnahme antiker Formen. Hier kommt es bei der Analyse darauf an, die jeweilige Form zu erkennen. Wird man mit solchen Gedichten in einer Klausur konfrontiert, sollte man vorsichtig sein und nicht vom Fehlen einfacher metrischer Muster darauf schließen, dass hier keine metrischen Regelmäßigkeiten vorliegen. Am besten ist es natürlich, wenn man die Gattung (z. B. Elegie oder Ode, vgl. Kap. 3.3) identifizieren kann. Gelingt dies jedoch nicht oder ist man unsicher, gilt es, so genau wie möglich zu analysieren, aus welchen Versfüßen die Verse bestehen, wo man Pausen hört, wie viele Hebungen zu erkennen sind und welcher Ton insgesamt angeschlagen wird. Bei der Interpretation ist außerdem zu kommentieren, welche Wirkungsabsichten damit traditionell verbunden wurden, z. B. bei der Elegie der Ausdruck melancholischer Klage, aber auch von Liebesleid und -freude, und zu prüfen, inwiefern das jeweilige Gedicht diese Wirkungsabsichten aufnimmt

Infobox: Klassik	
wichtige Vertreter	• Johann Wolfgang Goethe (1749–1832) • Friedrich Schiller (1759–1805)
typische Formen	• betont kunstvoll gestaltete, strenge Formen (Distichon, Hexameter) • Elegie • Ode
inhaltliche Aspekte	• Hinwendung zur griechischen Antike • Ideal der Harmonie (ästhetisch, individuell und gesellschaftlich) • Humanitätsideal • Aufwertung der Kultur gegenüber der rohen Natur

Die Romantik (ca. 1795–1835)

Hört man das Wort »romantisch«, denkt man im alltäglichen Leben oft an stimmungsvolle Situationen bei Kerzenschein. Diese Wortbedeutung deckt sich allerdings nur zu einem sehr kleinen Teil mit dem, was die Literaturgeschichte als **Romantik** beschreibt. Hier bezeichnet Romantik eine philosophisch anspruchsvoll begründete literarische Bewegung, die sehr widersprüchliche Tendenzen in sich vereint.

Auch für die Romantik ist das blutige Ende der Französischen Revolution eine einschneidende Erfahrung. Sie ist für die Romantiker aber nicht – wie für die Klassiker – ein bedauerlicher Zwischenfall innerhalb einer insgesamt guten Aufklärungs- und Modernisierungsbewegung. Vielmehr begreifen sie die Moderne mit ihrer rationalen Versachlichung der Lebensverhältnisse selbst als Problem. Die romantischen Antworten auf die Modernisierung lassen sich in vier Stränge gliedern: Erstens findet sich in vielen Texten, in Romanen wie auch Gedichten, eine Idealisierung des **Unkontrollierten**. Oft werden **Grenzerfahrungen** zum Thema: Tod, Traum, Wahnsinn, Rausch, Liebe und mystische Entrückungszustände. Nicht der Verstand dient als Orientierungspunkt für das richtige Leben, sondern das, was sich der Kontrolle durch den Verstand entzieht. Nicht der Mensch mit Sinnlichkeit, Verstand und Moral (wie in der Klassik), sondern das der Vernunft Jenseitige wird zum Faszinosum.

Teilweise im Widerspruch dazu steht zweitens eine von vielen Romantikern geteilte historische **Rückwärtsorientierung** mit der Vorstellung, dass u.a. im Mittelalter die Welt noch wohlgeordnet und darum gut war. Diese regressive Utopie passt einerseits zur religiösen Orientierung, zum Wunsch, dass es eine für alle verbindliche Weltanschauung geben möge. Der

Wunsch nach Ordnung steht jedoch zum Teil im Widerspruch zur Begeisterung für das Unkontrollierte und Unfassbare.

Die von der Aufklärung propagierte Herrschaft der Vernunft wird von den Romantikern gleichzeitig über- und unterboten. **Unterboten** wird sie – dies das dritte Merkmal – durch den **Gestus der naiven Sicht**, die sich in Inhalt und liedhafter Form vieler Gedichte mitteilt. **Überboten** wird die Vernunft – dies der vierte Aspekt – durch die programmatische Aufwertung der **Ironie**, die vor allem in philosophischen Programmschriften der Romantiker propagiert wird, und die sich nicht selten auch in den romantischen Gedichten nachweisen lässt. Sie stellt insofern eine Überbietung der rationalen Aufklärung dar, als sie sich als Aufklärung über die Aufklärung, als reflektierende Infragestellung der Vernunft verstehen lässt. Bei vielen romantischen Gedichten, vor allem bei Eichendorff, bietet es sich vor dem Hintergrund dieser Tendenzen an, zunächst die Idealisierung des Einfachen, des Naiven herauszuarbeiten, um von hier aus die gar nicht naive, sondern vielmehr sehr raffinierte rhetorische Herstellung dieses Eindrucks zu untersuchen.

Infobox: Romantik

wichtige Vertreter	• Joseph von Eichendorff (1788–1857) • Ludwig Tieck (1773–1853) • Novalis (Friedrich von Hardenberg; 1772–1801) • Clemens Brentano (1778–1842)
typische Formen	• (Volks-)Lied • Romanze • Verschmelzung der Formen (Prosa und Lyrik kombiniert)

inhaltliche Aspekte	• Wendung gegen die »Entzauberung« der Welt durch die Aufklärung, Vorliebe für die irrationale Welt der Träume und des Unbewussten • romantische Ironie, Selbstbezüglichkeit • Fragmentcharakter • Sehnsuchts-, Wandermotiv • Stilisierung des Einfachen, Schlichten und Unreflektierten als Ideal

Einige Richtungen der Lyrik im 20. Jahrhundert

Knapp und selektiv sollen im Folgenden auch Wege zur dialektisch erörternden Interpretation für einige lyrische Richtungen des 20. Jahrhunderts vorgestellt werden.

Die **Lyrik um die Jahrhundertwende 1900** (**Impressionismus, Symbolismus**) ist ästhetisch anspruchsvoll und zielt auf eine von der banalen Wirklichkeit entrückte Dichtung, auf eine Kunst, die zu weltlichen Dingen eine Distanz behauptet, wie man es traditionell von religiösen Inhalten kannte. Die Kunst galt als der Ort, der am Rande der Welt einen Blick auf das Ganze gewährt, eine Perspektive, aus der man Aussagen über Gut und Böse herleiten konnte. Bedeutender Vertreter des Impressionismus ist z. B. Rainer Maria Rilke (1875–1926), zum Symbolismus rechnet man z. B. Stefan George (1868–1933) und Hugo von Hofmannsthal (1874–1929).

Für die Interpretation bietet es sich an, einerseits die Kunstfertigkeit der Komposition zu betonen, um dann andererseits zu zeigen, dass das vermeintlich ganz Besondere und Andere der Kunst in vielerlei Hinsicht mit allgemeinen sprachlichen

Mitteln hergestellt wurde: Die sprachliche Kunst ist am Ende »nur« Sprache, das **Besondere** ist in vielfacher Weise verwoben und vermittelt mit **allgemein** geteilten Erfahrungen. So steht der in den Gedichten gestaltete Anspruch, eine eigene Welt der Kunst zu verwirklichen, oft in einem Spannungsverhältnis zur Notwendigkeit, in den Gedichten Worte und Sätze zu verwenden, die auch von ganz normalen Menschen benutzt und verstanden werden. Sonst wäre am Ende das Ziel, die Welt zu übersteigen, noch nicht einmal als Ziel zu verstehen. Ansatzpunkte für eine dialektische erörternde Interpretation sind auch hier interne Widersprüche: Zum einen wird die Kritik an der Banalität von kommunikativer Sprache und menschlicher Normalität in diesen Gedichten eben auch im Medium der kommunikativen Sprache vorgetragen (sonst wäre sie als Kritik nicht zu verstehen). Zum anderen ist festzustellen, dass die Infragestellung menschlicher Technik und Selbstkontrolle ausgerechnet in Gedichten thematisiert wird, die formal ein hohes Maß an Selbstkontrolle und an kompositorischer Disziplin des Dichters erkennen lassen.

Die Lyrik des **Expressionismus** (seit etwa 1910) ist eine Reaktion auf die krisenhafte Erfahrung der modernen Welt: zunehmende Industrialisierung, die damit verbundenen Beschleunigungs- und Mechanisierungsschübe, Verstädterung, beginnende Naturzerstörung und dann natürlich auch die Katastrophenerfahrung des Ersten Weltkriegs mit seinen Materialschlachten. Sie ist oft zugleich Ausdruck des Protests gegen die behäbige bürgerliche Lebensform. Die Gedichte zielen nicht mehr auf die Gestaltung des Schönen, sondern wollen dem Erleben der neuartigen Erfahrungen (Tempo, Zerrissenheit, Generationenkonflikt, Tod und Untergang usw.) einen intensiven »Ausdruck« (lat. **expressio**) geben. Die Sprache ist oft abgehackt, mit Interjektionen und Ausrufen durchsetzt. Auf Wohllaut und Harmonie wird bewusst verzichtet, teils sogar auf grammatikalische Richtigkeit. In formaler Hinsicht gibt es unterschiedliche Entwicklungen: Teils werden alte Formen wie das Sonett mit neuen Inhalten gefüllt (so z. B. bei Georg Heym, 1887–1912), teils verzichten die Gedichte aber auch ganz auf Reim, regelhaftes Metrum und Strophenform (z. B. bei August Stamm, 1874–1915). Für eine dialektisch erörternde Interpretation bietet es sich an, zunächst die Anzeichen für die Zerrissenheit und das mal komische, mal aggressive »expressive« Reden als ersten Eindruck festzuhalten und im Gedicht nachzuweisen. In einem zweiten Schritt kann dann untersucht werden, dass und wie die relativ wilde Komposition letztlich als bewusst gestaltete zu deuten ist. Der antikonventionelle Gestus steht in einem Spannungsverhältnis zu verständlichen und vernünftigen Aussageinhalten: zur Distanzierung von tradierten Formen in Lyrik und Gesellschaft, als ein (in einiger Hinsicht) nachvollziehbarer Protest gegen Konventionen. Das Wilde ist also nur die eine Seite der expressionistischen Medaille, zu der die bewusste und kalkulierte Einrichtung der Unordnung die andere Seite bildet.

Die Lyrik der Neuen Sachlichkeit (seit den 1920er Jahren) betont die Sachdimension der Aussagen gegenüber der Kunstfertigkeit. Bekannte Vertreter sind Bertolt Brecht (1898–1956) und Erich Kästner (1899–1974). Für die Interpretation bietet es sich an, zunächst dem Eindruck der **Einfachheit und Direktheit der Aussage** zu folgen, um von hier aus die **kunstvoll-lyrische Gestaltung** des Einfachen nachzuweisen.

Eine besondere Herausforderung für die Interpretation stellt die absichtlich schwer verständlich gestaltete Dichtung nach 1945 dar. Nach dem Zweiten Weltkrieg und dem Massenmord an den europäischen Juden entstand das Ideal einer Dichtung, die sich der funktionierenden Kommunikation radikal verschließt. Wer Dinge zu sagen hatte, die von der Gesellschaft verstanden und akzeptiert wurden, machte sich, so die Idee, zum schuldigen Teil einer Gesellschaft, die den Tod produziert. Die Dichtung musste also radikal unverständlich agieren, um sich dem tödlichen Common Sense zu verweigern und die Menschen zum Nachdenken zu provozieren. Man nennt diese Form auch **hermetische Lyrik** (»hermetisch«: ›verschlossen, dunkel, undurchdringlich‹). Die anspruchsvollen Gedichte der Zeit, z. B. von Paul Celan (1920–1970) sind entsprechend reich an **Chiffren** (schwer zu verstehenden Metaphern) und dunklen Anspielungen, deren genauen Sinn man oft eher ahnen als klar benennen kann. Eine dialektisch argumentierende Interpretation kann hier ihren Ausgang von der These nehmen, dass sich vieles im Gedicht tatsächlich dem Verstehen entzieht, dass aber auch die Verständnisschwierigkeiten benannt und als solche verstanden werden können. Die Dichter der Zeit agieren in einiger Hinsicht ähnlich wie jemand, der wortlos die Tür knallend eine Versammlung verlässt: Die Geste ist zunächst rätselhaft, zielt aber auf eine klare Aussage: »mit mir nicht!« Diese Spannung aus Rätselhaftigkeit und bestimmter Verweigerungs- und Protestgeste ist in den Gedichten jeweils zu erschließen.

Merkbox: Interpretation als (dialektisch erörternde) Argumentation

!

Wer interpretieren will, muss argumentieren. Die Argumentation erfordert zum einen die Entwicklung von Thesen, zum anderen einen klaren Argumentationsaufbau. Die Entwicklung von Thesen setzt voraus, dass man nach der engen Textarbeit der Analyse eine abstrahierende Distanz zum Gedicht herstellt, etwa durch die Bezugnahme auf ein Kommunikationsmodell oder literaturgeschichtliche Konstellationen. Um die Argumentation interessant und lesenswert zu gestalten, ist es sinnvoll, sich am Schema der dialektischen Erörterung zu orientieren (»einerseits – andererseits«). Diese Struktur bewahrt den Interpreten davor, sich bei der Interpretation auf das allzu Offensichtliche zu beschränken (»typisch Barock: Sonett, Klage über Vergänglichkeit«, »typisch Sturm und Drang: lebendiger Sprechgestus, Spontaneität«). Auch erkennt der Leser der Interpretation sofort, dass der Interpret nicht einfach seine Analyseergebnisse aneinanderreiht, sondern in der Lage ist, differenzierend abzuwägen.

5.3 Gedichtvergleich

Eine vor allem in der Oberstufe verbreitete Sonderform der Interpretation ist der Gedichtvergleich. Textgrundlage sind in der Regel zwei **motivgleiche Gedichte** aus verschiedenen Epochen (z. B. mit dem Motiv der Mondnacht einmal in der Romantik und einmal in der Lyrik nach 1945). Grundlage des Vergleichs ist natürlich wie bei der Interpretation eines einzelnen Gedichts eine genaue Analyse von Form und Inhalt beider Gedichte. Ähnlich muss der Interpret auch zu jedem der beiden Gedichte eine These und eine Argumentation entwickeln.

Die Darstellung der Argumentation bei einem Gedichtvergleich ist allerdings insofern schwieriger, als hier zwei interpretative Argumentationsmuster miteinander verschränkt werden müssen: zum einen geht es um die Begründung der zentralen **Thesen zu den einzelnen Gedichten** und zum anderen um die Begründung einer **These zum Vergleich** der beiden. Lautet die Aufgabe beispielsweise: »Interpretieren Sie in einer vergleichenden Betrachtung die Gedichte von Eichendorff und Heym«, dann reicht es nicht aus, erst das eine Gedicht zu interpretieren und dann das andere. Ist ein Vergleich gefordert, muss der Interpret die Gedichte auch explizit miteinander **vergleichen**. Es sind also **Ähnlichkeiten und Abweichungen** zu benennen und zu kommentieren. Ein griffiges Muster ist auch hier das Schema einer dialektischen Erörterung, etwa indem man die offensichtlichen Parallelen zwischen den Gedichten benennt, dann jedoch zeigt, dass es bei genauerer Betrachtung auch gravierende Unterschiede gibt. Oder umgekehrt, indem man feststellt, dass vordergründig kaum Parallelen existieren, dann jedoch zeigt, dass es bei genauerer Prüfung viele Ähnlichkeiten gibt.

Für die Verschränkung der beiden Interpretationen gibt es vor allem drei Möglichkeiten: Erstens kann man **aspekthaft** vorgehen und Schritt für Schritt sowohl inhaltliche als auch formale Merkmale miteinander abgleichen, etwa indem man die äußere Struktur in Gedicht 1 mit der in Gedicht 2 vergleicht, dann die Bildersprache von Gedicht 1 mit der von Gedicht 2 etc. Dieser Zugang ist aber insofern problematisch, als es auf diesem Weg schwierig ist, den Zusammenhang von Form und Inhalt im einzelnen Gedicht in den Blick zu bekommen.

Zweitens besteht die Möglichkeit, zunächst das eine Gedicht zu interpretieren und dann das zweite, um in einem dritten Teil einen Vergleich der beiden Befunde vorzunehmen. Diese Variante lässt sich sehr übersichtlich strukturieren: die Interpretation der Einzelgedichte und die Argumentation des Vergleichs wird sauber getrennt und klar abgegrenzt dargestellt. Eine gewisse Gefahr besteht in der Praxis von Kursstufenklausuren darin, dass der Vergleich am Ende aus Zeitgründen oft zu knapp ausfällt. Auch muss man im Vergleich vieles von dem, was in den Einzelinterpretationen bereits gesagt wurde, noch einmal ansprechen.

Drittens – und das ist in der Regel die eleganteste Variante – ist es möglich, zunächst ein Gedicht zu interpretieren, dann in einer Überleitung eine These über Parallelen und Unterschiede zwischen dem ersten und dem zweiten Gedicht zu formulieren und dann die Interpretation des zweiten Gedichts fortlaufend mit einem Vergleich mit dem ersten zu verbinden. Diese Variante ist in der Regel ein guter Kompromiss aus Übersichtlichkeit, Zeitökonomie und Prägnanz der Darstellung.

6. Woran man gute Interpretationen erkennt und wie man Fehler vermeidet

Viele Schüler haben den Eindruck, nicht genau zu wissen, worauf es im Deutschaufsatz eigentlich ankommt und was sie tun können, um sich zu verbessern. Bei Gedichtinterpretationen ist die Unsicherheit häufig besonders groß: Klar ist, dass man den Text nicht bloß »nacherzählen« sollte. Aber was geschieht, wenn man eine Deutung vorlegt und der Lehrer eine andere Meinung hat?

Kriterium I: angemessenes Abstraktionsniveau der Argumentation

Um eine gute Gedichtinterpretation zu schreiben, kommt es darauf an, treffende abstrahierende Aussagen **über** den Text zu formulieren. Die zu geringe oder fehlende Distanz zum Text – inhaltlich oder formal – ist häufig ein Problem.

Problem 1: Inhalt

Bezogen auf den Inhalt manifestiert sich das Problem darin, dass lediglich der Inhalt des Gedichts paraphrasiert oder »nacherzählt« wird. Der Interpretationsaufsatz wiederholt also nur in anderen Worten, was im Gedicht gesagt wird. Oft wird der Inhalt des Gedichts auch durch eine **Häufung von Zitaten** lediglich verdoppelt, ohne den Sinn des Gesagten zu erklären. Zitate sollen jedoch grundsätzlich als **Beleg** dienen. Entsprechend müssen dann auch Thesen und Argumente erarbeitet werden, die das Zitat belegt. Gibt es diese nicht, hat ein Zitat keine Funktion.

Abhilfe

Abstrahierenden Abstand zum Text gewinnen:

1. Hierbei hilft die **Benennung der kommunikativen Funktion** des im Gedicht Gesagten (z. B. durch den Bezug auf ein **Kommunikationsmodell**, vgl. Kap. 4: Sachaspekt, Selbstaussage, Appell, Beziehungsaspekt).
2. Unerlässlich ist bei der Analyse und Interpretation von Gedichten zudem die **Verwendung von Sprechhandlungsverben**, um zu benennen, was das lyrische Ich im Gedicht sprachlich genau tut (statt »er/sie sagt« oder »schreibt« verwendet man besser: »klagen«, »flehen«, »behaupten«, »begründen«, »illustrieren« etc.).
3. Schließlich ist es hilfreich, die **Funktion** einzelner inhaltlicher Aussagen für das **Textganze** zu erfassen, z. B. indem man erklärt, dass das Bild vom lebendigen Frühling in einem Gedicht als Vision einer Erlösung zu verstehen ist, als Lösung für den »kalten Winter« als Problem.

Problem 2: Form

In formaler Hinsicht äußert sich die fehlende Distanz zum Text beispielsweise darin, dass Stilmittel bloß benannt und aufgezählt werden. Die Funktion und Wirkung dieser Stilmittel sowie ihr Bezug zum Inhalt wird jedoch nicht herausgearbeitet.

Abhilfe

Formale Beobachtungen in mindestens zwei Richtungen auf ihre Wirkung hin befragen:

1. durch den Bezug auf den Inhalt: Wo werden Aussagen durch die formale Gestaltung gestützt und wo werden sie unterlaufen? Wo werden Zäsuren und Betonungen angedeutet? Wo werden Zusammenhänge zwischen eigentlich getrennten Wörtern und Passagen suggeriert?

2. durch den Bezug auf eine übergreifende These zum Stil des Textes. Wie tragen Bildersprache, Alliterationen etc. zur musikalischen Wirkung des Textes, zu seiner komischen Wirkung oder zu seinem enthusiastischen Ton bei (vgl. Kap. 3.9)?

Kriterium II: Genauigkeit und Vollständigkeit der Interpretation

Problem 1: Thesen nicht oder ungenau belegt

Die Thesen über das Gedicht müssen durch einen differenzierten und auch begrifflich treffenden Zugriff auf das Gedicht überzeugend begründet werden. Problematisch wird es, wenn man sich zu weit vom Text entfernt. So kann es vorkommen, dass man zwar interessante Thesen über den Text entwickelt, diese aber **nicht oder nur ungenau belegt**. Die Interpretation ist eine argumentierende Textform. Es kommt also darauf an, seine Thesen **überzeugend zu begründen**. Voraussetzung dafür ist natürlich eine gründliche Analyse des Textes, da das Material der Begründung aus dieser Analyse hervorgeht.

Abhilfe

Thesen, Argumente und Belege in einer Tabelle zusammenstellen. Nach der gründlichen Analyse des Textes ist es sinnvoll, die Analyseergebnisse in einer Tabelle mit Thesen über den Text in Beziehung zu setzen. Grundsätzlich gilt hier jene Regel, die man in jedem Erörterungsaufsatz beherzigen sollte: **Keine These ohne Argument und Beleg und kein Beleg ohne Argument und These!** Eine entsprechende dreispaltige Tabelle hilft dabei, zu kontrollieren, ob auch wirklich zu jeder These ausreichend Beispiele notiert wurden.

Problem 2: ungenaues oder falsches Textverständnis

Von einer ungenügenden Nähe zum Text kann auch dann gesprochen werden, wenn der Text falsch oder ungenau verstanden wird. Einerseits ist es richtig, dass man bei argumentierenden Texten – und dazu gehört die Interpretation als Erörterung – nicht klar zwischen richtig und falsch unterscheiden kann. Andererseits bezieht sich die Interpretation auf einen Text, in den man nicht willkürlich jede Aussage hineininterpretieren darf.

Abhilfe

Für folgende häufiger vorkommende Fehlerquellen beim Textverständnis können Empfehlungen gegeben werden:

- **Ironie** wird nicht erfasst, da gesehen, wo keine ist, oder falsch gedeutet. Wichtig ist bei der Beobachtung von Ironie, dass man jeweils kurz begründet oder erörtert, warum man eine Aussage für ironisch hält.
- **Doppeldeutigkeiten** und **Ambivalenzen** werden nicht erfasst. Grundsätzlich gilt, dass man bei der Deutung anspruchsvoller Texte immer überlegen sollte, ob man eine Äußerung nicht auch anders verstehen kann. Bei der Deutung von Gedichten sollte man stets mit einer Mehrdeutigkeit von Aussagen rechnen. Eine Hilfe, um diese zu erkennen und herauszuarbeiten, ist wiederum das oben vorgestellte Kommunikationsmodell.
- Oft werden fälschlicherweise im Gedicht **ernst gemeinte als rhetorische Fragen** gedeutet. Hier gilt dasselbe wie bei der Ironie: die Annahme, dass eine Frage rhetorisch gemeint ist, ist zu begründen. Wenn man keine (ausreichenden) Anhaltspunkte dafür finden kann, ist tendenziell davon auszugehen, dass es sich **nicht** um eine rhetorische Frage handelt.
- Gerade bei der Deutung von Naturgedichten kommt es häu-

fig vor, dass der **philosophische Hintersinn** oder die **symbolische Qualität** bestimmter Aussagen oder Motive nicht erfasst werden. Naturdarstellungen dienen oft als Medium für die Darstellung anderer Probleme. Sie sind Anlass für die weltanschauliche oder religiöse Positionierung des Sprechers im Barock, Spiegel der Seele im Sturm und Drang, Symbol für eine Gegenwelt oder Alternative zu Aufklärung, Urbanität und Industrie in der Romantik, teilweise auch noch später im Symbolismus und in der anspruchsvollen Nachkriegsdichtung nach 1945. Rechnet man mit der Möglichkeit, dass Naturgedichte symbolisch auf abstraktere Probleme verweisen können, kommt man eher auf die Idee, sich bei den explizit genannten Motiven (Mond, Meer, Wald etc.) zu überlegen, was damit auf einer abstrakteren Ebene gemeint sein könnte, etwa: Geborgenheit im Umgrenzten oder wilde Entgrenzung? Weite oder vertraute Nähe? Lebensbedrohende Kälte oder lebensbejahende Wärme? In diesem Zusammenhang ist es hilfreich, sich eine Übersicht über die literaturgeschichtlichen Epochen und die weltanschauliche Grundorientierung bestimmter literarischer Bewegungen zu verschaffen.

Problem 3: Beschränkung auf allgemeine Beobachtungen

Eine häufige Schwäche von Gedichtinterpretationen besteht darin, dass sie sich auf **allgemeine** Beobachtungen beschränken und der **Individualität des Textes** zu wenig Beachtung geschenkt wird. Die Feststellung allgemeiner Aspekte ist zwar ein wichtiger Schritt, aber eben nur ein guter Anfang und nicht das Ende der Interpretation: Der Bezug aufs **Allgemeine** erfüllt dann seine Funktion, wenn er dazu genutzt wird, das je **Individuelle** des Gedichts zu verstehen und hervortreten zu lassen. Um es mit einem Beispiel aus dem Leben zu vergleichen: Wenn einem ein Freund erklärt, er habe eine einzigartige Frau kennengelernt, kann man sich natürlich für ihn freuen. Wenn er dann nicht mehr über sie sagen kann, als dass sie blond ist und blaue Augen hat, darf man sich schon fragen, worin jetzt eigentlich die Einzigartigkeit besteht. Ähnlich gilt: Wer nicht mehr über ein Gedicht zu sagen hat, als dass es von der Liebe handelt und dass es einen tief bewegt, verfehlt das Entscheidende.

Oft sind folgende Probleme zu beobachten:

- Leser, die sich nur ein wenig mit einem Autor beschäftigt haben, neigen dazu, diese **sehr allgemeinen Kenntnisse** allzu einfach auf das zu interpretierende Gedicht zu projizieren. Beispielsweise wird dann politisch engagierten Autoren wie Brecht generell unterstellt, dass in jedem Gedicht Politik zum Thema gemacht wird, auch wenn nichts im betreffenden Gedicht darauf hindeutet. So hat Brecht etwa Liebesgedichte geschrieben, denen keine politische Botschaft zugrunde liegt.
- Literaturgeschichtliches Halbwissen kann ebenso zu **falschen Verallgemeinerungen** führen, z. B. zur Behauptung, dass alle Barockdichter das Motto »Carpe Diem!« (»Nutze den Tag!«) predigen. Epochen sind keine homogenen Einheiten. So kann eine Epoche unterschiedliche und widersprüchliche Strömungen in sich vereinen. Selbst einzelne Autoren haben in verschiedenen Lebensphasen verschiedene Vorstellungen von Leben und Dichten. Sehr auffällig ist das beim jungen und alten Goethe oder auch bei Gottfried Benn.

Abhilfe

Es empfiehlt sich ein Vorgehen in zwei Schritten:

1. Kontextbezogene Thesen der Interpretation (Kap. 5) nicht vorschnell auf das Gedicht beziehen, sondern zunächst an der »immanenten« Interpretation des Gedichts selbst

(Kap. 4) prüfen: Gibt es Entsprechungen oder Gegensätze zwischen meinen Erwartungen und dem, was im Gedicht zu sehen ist? Hilfreich kann auch hier eine tabellarische Übersicht sein: Was weiß ich über den **Autor und die Epoche**? Wie verhält sich der **Text des Gedichts** dazu?

2. Bei der Darstellung die dialektische Argumentationsstruktur verwenden: Ein relativ einfaches Mittel, um die Individualität eines Gedichts zu begründen, ist die Zuhilfenahme der bereits beschriebenen Argumentationsstruktur nach dem Muster »einerseits … andererseits«. So kann man darauf hinweisen, dass man zwar bestimmte Erwartungen an Gedichte der Epoche oder des Autors mitbringt, dass aber das zu interpretierende Gedicht in dieser oder jener Hinsicht nicht ganz auf diese allgemeine Tendenz zu reduzieren ist.

Problem 4: unvollständige Textanalyse

Eine zu große Distanz zum Text kann sich auch darin zeigen, dass man inhaltliche und sprachlich-formale Auffälligkeiten gar nicht erfasst, dass man den Text also unvollständig analysiert. Im Extremfall führt dies zur Schülerfrage, wie man es schaffen könne, über ein Gedicht mehr als eineinhalb Seiten zu schreiben.

Abhilfe

Wer von dieser Sorge geplagt wird, dem sei empfohlen, eine ausführliche Liste mit Stilmitteln und relevanten Aspekten als Checkliste bei der Analyse bereitzuhalten und zunächst einmal tatsächlich nur Auffälligkeiten zu sammeln. Am besten einüben kann man das mit ein oder zwei Partnern, weil mehr Augen meist mehr sehen. Das kann ein ganz unterhaltsames und spannendes Verfahren sein, das ein wenig an das Suchen von Gegenständen in Wimmelbildern erinnert. Nur dass es spannender ist, weil man ja nie weiß, was »unser Dichter in diesem Gedicht versteckt hat«. Wenn man diesen Arbeitsschritt abgeschlossen hat, kann (und muss) man etwas ernster anfangen, sich über die Funktion der Stilmittel Gedanken zu machen.

Problem 5: Überinterpretation

Ein Sonderfall der übergroßen Distanz zum Text ist die sogenannte **Überinterpretation**: Aus einzelnen Beobachtungen werden Schlüsse gezogen, die sich aus dem Beobachteten nicht überzeugend folgern lassen. So wenig man aus den blauen oder braunen Augen eines Menschen auf dessen Intelligenz schließen kann, sollte man ohne weitere Anhaltspunkte von einem regelmäßigen Versmaß auf die Gelassenheit des lyrischen Ich oder die konservative Grundeinstellung des Autors schließen. Viele formale Auffälligkeiten finden sich in Gedichten mit ganz unterschiedlichen inhaltlichen Tendenzen: fünfhebige Jamben werden beispielsweise in traurigen und fröhlichen Texten, in Gedichten über die Liebe, aber auch solchen über den Tod verwendet.

Abhilfe

Thesen über den Sinn formaler Auffälligkeiten gut absichern: Sie müssen immer durch weitere Beobachtungen am Text gestützt werden. In der Regel sollte dabei auch ein Abgleich mit dem Inhalt erfolgen, bevor man weitreichende Thesen formuliert.

Problem 6: ungenauer Gebrauch von Fachbegriffen

Schließlich gibt es bei Gedichtinterpretationen, wie für analysierende und interpretierende Textformen überhaupt, das Problem eines ungenauen Gebrauchs von Fachbegriffen. So wie man in der Mathematik die Funktionen Plus und Minus unterscheiden und die Multiplikation nicht mit der Division verwechseln sollte, ist es auch für die Analyse und Interpretation von Gedichten fatal, wenn man etwa den Trochäus mit dem Jambus verwechselt oder die Metonymie mit der Metapher. Ähnliches gilt für die aus Lehrersicht ziemlich schlimme Verwechslung von »lyrischem Ich« bzw. »Sprecher« mit dem »Autor« (dieser ist nicht der Sprecher, sondern dessen Erfinder) oder dem »Erzähler« (diesen gibt es nur in Erzähltexten). Neben der Verwechslung von Begriffen besteht auch die Gefahr, dass man das Metrum falsch identifiziert und so z. B. einen elegischen Vers fälschlich für einen freien Rhythmus hält.

Abhilfe

Auf dieses Problem kann hier nur die Aufmerksamkeit gelenkt werden: Ein richtiger Gebrauch von Fachbegriffen erfordert ihre Kenntnis und das Verständnis.

Kriterium III: formale Richtigkeit der Darstellung

Abgesehen von den allgemein gültigen Regeln für die Rechtschreibung und die richtige Zitierweise sind bei der Lyrikinterpretation einige Besonderheiten zu berücksichtigen:

- **Verse** im Gedicht sind unbedingt auch als »Verse« zu bezeichnen (und **nicht** als »Zeilen«). Dies gilt insbesondere auch in Belegangaben nach Zitaten. Richtig heißt es hier beispielsweise »(V. 5–7)« und **nicht** »(Z. 5–7)«.
- Wenn man kürzere Stellen aus einem Gedicht zitiert, integriert man das Zitat üblicherweise in den Fließtext, auch wenn innerhalb des Zitats ein **Verssprung**, d. h. eine Weiterführung des (zitierten) Satzes im Folgevers, vorkommt. Um das Versende jeweils lesbar zu machen, markiert man es im Fließtext mit einem Schrägstrich (»diese beiden / […]

nicht leiden«). Umfasst das Zitat mehr als eine Strophe, wird der Abstand zwischen zwei Strophen mit zwei Schrägstrichen (//) markiert.

Kriterium IV: Die Schlüssigkeit der Darstellung, das Schreiben

Damit ein Interpretationsaufsatz überzeugen kann, benötigt man nicht nur gute Thesen und Argumente, sondern auch eine schlüssige schriftliche Darstellungsweise. Hierzu bedarf es, um nur die wichtigsten Punkte zu nennen:

- der Verwendung von Präpositionen (wie »trotz«, »wegen« etc.) und Konjunktionen (wie »weil«, »denn«, »obwohl« etc.), um den Zusammenhang von Gedanken zu betonen;
- einer gut nachvollziehbaren Gliederung durch Absätze und Gliederungshinweise (»erstens … zweitens«; »zum einen … zum anderen«);
- einer präzisen, abwechslungsreichen Ausdrucksweise auf einer angemessen hohen Stilebene (sachlich, wissenschaftlich);
- eines klar strukturierten Satzbaus (nicht nur kurze Hauptsätze, aber auch keine Bandwurmsätze).

Auf dieses Kriterium kann an dieser Stelle nur hingewiesen werden. Zum Thema »Schreibschulung« gibt es für Schüler sehr gute Trainingsmaterialien auf dem Markt.

Literaturhinweise

Gedichtsammlungen

Bode, Dietrich (Hrsg.): Deutsche Gedichte: Eine Anthologie. Stuttgart 2000.
– Deutsche Naturlyrik. Stuttgart 2012.
Detering, Heinrich (Hrsg.): Reclams großes Buch der deutschen Gedichte. Stuttgart 2013.
Fröhlich, Harry (Hrsg.): Lustige Lyrik. Fünfzig komische Gedichte. Stuttgart 2003.
– Gedichte zum Gruseln. Stuttgart 2008.
Hahn, Ulla (Hrsg.): Stechäpfel. Gedichte von Frauen aus drei Jahrtausenden. Stuttgart 2008.
Maché, Ulrich / Volker Meid (Hrsg.): Gedichte des Barock. Stuttgart 2000.
Siekmann, Andreas (Hrsg.): Motivgleiche Gedichte. Stuttgart 2003.
Wagener, Hans (Hrsg.): Deutsche Liebeslyrik. Stuttgart 2012.

Weiterführende Literatur

Eagleton, Terry: How to read a poem? Oxford [u. a.] 2007.
Felsner, Kristin / Holger Helbig / Therese Manz: Arbeitsbuch Lyrik. Berlin 2012.
Friedrich, Hugo: Die Struktur der modernen Lyrik. Von der Mitte des neunzehnten bis zur Mitte des zwanzigsten Jahrhunderts. Reinbek bei Hamburg 2006.
Gelfert, Hans-Dieter: Einführung in die Verslehre. Stuttgart 2005.
Hühn, Peter: Geschichte der englischen Lyrik. 2 Bde. Tübingen/Basel 1995. [Geschichtlicher Überblick über die Entwicklung der englischen Lyrik anhand einer Reihe von Beispielinterpretationen.]
Kemper, Hans-Georg: Geschichte der deutschen Lyrik. Bd. 2: Von der Reformation bis zum Sturm und Drang. Stuttgart 2012.
Kiedaisch, Petra: Lyrik nach Auschwitz? Adorno und die Dichter. Stuttgart 1995.
Klotz, Volker: Verskunst. Was ist, was kann ein lyrisches Gedicht? Bielefeld 2011.
Ludwig, Hans-Werner: Arbeitsbuch Lyrikanalyse. Tübingen 2005.

Mayer, Mathias: Geschichte der deutschen Lyrik. Bd. 3: Klassik und Romantik. Stuttgart 2012.

Meid, Volker: Barock-Themen: Eine Einführung in die deutsche Literatur des 17. Jahrhunderts. Stuttgart 2015.

Moenninghoff, Burkhard: Metrik. Stuttgart 2004.

Petersdorff, Dirk von: Wie schreibe ich ein Gedicht: Kreatives Schreiben: Lyrik. Stuttgart 2013. [Ein auch für das analytische Verständnis sehr hilfreicher produktiver Zugang zur Lyrik.]

Schlaffer, Heinz: Geistersprache. Zweck und Mittel der Lyrik. Stuttgart 2015.

Schnell, Ralf: Geschichte der deutschen Lyrik. Bd. 5: Von der Jahrhundertwende bis zum Ende des Zweiten Weltkriegs. Stuttgart 2012.

Thalmayr, Andreas: Lyrik nervt! Ein Erste-Hilfe-Buch für alle, die meinen, daß sie nichts mit Gedichten anfangen können. München 2014.

Völker, Ludwig: Theorie der Lyrik. Stuttgart 2004. [Materialsammlung mit Texten von Dichtern und Philosophen über die Lyrik von der Antike bis in die Gegenwart.]

Waldmann, Günter: Produktiver Umgang mit Lyrik. Eine systematische Einführung in die Lyrik, ihre produktive Erfahrung und ihr Schreiben. Baltmannsweiler 2011.

Willberg, Hans-Joachim: Deutsche Gegenwartslyrik. Eine poetologische Einführung. Stuttgart 1989.

Sachregister

Zum Autor

Ralf Kellermann, geb. 1965, hat in Hamburg, Tübingen und Berkeley studiert und ist Lehrer für Deutsch, Englisch, Ethik und Philosophie an einem Ludwigsburger Gymnasium. Neben dem Unterricht schreibt er Schulbücher und gibt Bücher heraus (u. a. in der Reihe Reclam XL. Text und Kontext). Er ist verheiratet und hat zwei Kinder.